他是自己梦想的钥匙，
和他在一起，就可以走进新鲜的世界里。
那种感觉，甜甜的，很美妙。

# 却把青梅嗅

仲利民 —— 著

爱的最高境界，是为对方的喜好而妥协。
两个陌生的人，因为相爱而走到一起，
多年后，他们许多习惯、脾气，甚至话语，都有了相同之处。

百花洲文艺出版社
BAIHUAZHOU LITERATURE AND ART PRESS

图书在版编目（CIP）数据

却把青梅嗅 / 仲利民著 . -- 南昌 : 百花洲文艺出
版社 , 2023.3
　ISBN 978-7-5500-2138-9

　Ⅰ . ①却⋯ Ⅱ . ①仲⋯ Ⅲ . ①短篇小说—小说集—中
国—当代 Ⅳ . ① I247.7

中国版本图书馆 CIP 数据核字 (2023) 第 003376 号

**却把青梅嗅**　　仲利民　著

| | | |
|---|---|---|
| 出 版 人 | 陈　波 | |
| 责任编辑 | 杨　旭 | |
| 装帧设计 | 文人雅士 | |
| 出 版 者 | 百花洲文艺出版社 | |
| 地　　址 | 南昌市红谷滩区世贸路 898 号博能中心一期 A 座 20 楼 | |
| 电　　话 | 0791-86895108（发行热线）0791-86894717（编辑热线） | |
| 邮　　编 | 330038 | |
| 经　　销 | 全国新华书店 | |
| 印　　刷 | 廊坊市海涛印刷有限公司 | |
| 开　　本 | 710 毫米 X1000 毫米　1/16 | |
| 印　　张 | 17.5 | |
| 版　　次 | 2023 年 3 月第 1 版第 1 次印刷 | |
| 字　　数 | 185 千字 | |
| 书　　号 | 978-7-5500-2138-9 | |
| 定　　价 | 78.00 元 | |

赣版权登字　05-2023-37

网址：http://www.bhzwy.com
图书若有印装错误，影响阅读，可向承印厂联系调换

# 目 录

## 第二辑　后　窗

## 第三辑　最　美

第一辑

那些美好

# 爱情里的数字

爱情与数字休戚相关：爱情因数字而甜蜜，爱情因数字而温情，爱情因数字而活着。

一对男女，初相识，两个人怦然心动，这一天的数字一定会被两个人牢牢记住。也许这一天与别人无关，却是他们两个人的节日。在以后牵手的日子里，要不断地纪念这一天。这一天，改变了他们之间的属性，也改变了他们的命运。是这一天，让他们成了一生要相互照顾、关爱的情人。

接下来，更多的数字进入他们的爱情世界。接吻、拥抱、做爱，许多爱情的元素，因为两个人的情感温度而被定格在某个数字上。一对相爱的情侣，他们会细心地记着一点一滴的与爱有关的数字。

他的生日，她的生日，从此与各自有了联系，一年里，是两个生日，有她的，也有他的。这一天，一定要牢牢地铭记，尤其是初相识的恋人，看似小事，却事关爱情大计，细微处反应出在对方心里的地位。

花，蛋糕，烛光，这些是少不了的。酒水，情话，陪伴似乎更为重要。如果有旅游相伴、晚宴助兴，这生日过得更为印象深刻。

定情的日子，结婚的日子，怀孕的日子，生子的日子，一连串的数字次第进入婚姻世界。哪一个数字不重要？都与家庭建设息息相关。在这些数字的背后，演绎着诸多男女的情感悲喜剧。所谓爱情，除了柴米油盐，工作加班，住房水电这些生活硬件，生活里的那些数字则成了家庭世界里的情感软件。繁杂却有顺序，枯燥却有意义，因为新的家庭，数字有了新的含义。

当然，随着岁月的变迁，另一些数字也有了特别的意义。结婚一周年，纸婚；结婚二周年，布婚；三周年，皮婚；不断延伸，丝婚、木婚、铁婚、铜婚、电婚、陶婚、锡婚、钢婚……直至40年红宝石婚；45年蓝宝石婚；50年金婚；60年钻石婚。这些数字，代表情感在岁月里越来越坚固，越来越值得珍惜与纪念。

除了两个人之间的数字，还有新出生的孩子，比他们两个需要记住的数字更多。出生的日子，疫苗接种的日子，笑的日子，长牙的日子，会爬的日子，会走的日子，那个爱情的结晶，似乎一颦一笑，都会被用特定的数字固定成有意义的纪念。

相片上会留下拍摄的数字，光盘上会留下成长的数字，日记里会留下祝福的数字，一串串数字里包含着爱的延续与幸福的记录。

除了小家庭，两个相爱的人的父母也有许多与数字有关的信息需要存盘记忆。这些，都与家庭的幸福建设有关。

细细想来，当积累到一定程度时，一年365天，似乎都成了有纪念意义的时光。而这些数字里，包含的不仅是爱情，还有尊重、相爱、回报、感恩，一个个数字，就是一串串活色生香的日子，里面有滋味俱全的生活，有五颜六色的记忆，有情爱甜蜜的写照。这些数字密码，只有相爱的人，与被爱的人才能解开。

爱情里充满了数字，充满了与数字相关的甜蜜、温馨的情节。翻开一页页数字，就会回味起层层情感堆积的记忆。是生活，是爱情，是烟火人间，是美好的尘世，是人类前行的脚步。

# N 种爱情

他那时候是一名船员，四处漂泊，见过许多的山，见过许多的水，也见过许多相爱的风景。那些风景叠进记忆深处，日子久了，风干成相片，闲暇时，可以打开细细地察看。

1.

在徐州，京杭大运河边上，成片的苹果树，绿的叶，红的果。微风过处，枝头的苹果喜跃地跳动起来。

随着风，飘来淡淡的果香，若有若无，仿佛浸泡在风里，一嗅，就醉了。

摘果子的人，在密密地枝叶里穿梭，上上下下，拨开枝叶，寻找成熟的苹果。摘下，递给身后的人。

枝头是绿叶，身后是成堆的红苹果。

人在其间忙碌。这是一幅流淌的画，写意，还是写真？

一个女子，站在梯子上，身子探进树冠里，手在枝叶间穿梭不停。一只只苹果脱离母体，被摘下来。

小心，小心！他看到梯子歪了，即刻提醒她，紧张、慌乱，她的身子一倾，整个人从空中飞出，像是特技镜头，他随即张开双臂，迎了上去，她跌进他的怀里。柔软地撞击，满怀。她的脸红了，他也红了脸，像红红的苹果。

他偷偷地爱着她，不敢表白。其实，她也喜欢他，却故作矜持。

这次从梯子上跌下，是工作上的失误，还是蓄意的阴谋？

无妨。他们拥在一起，开始了红苹果一样的爱情，是成熟而完美的。


2.

在苏州的甪直小镇。

初夏的阳光，温暖而懒散，在这个水多桥多的小镇，流淌着许多故事，空气里四处弥漫着爱的气息。

阳光透过密密的树冠散射在水面上，石板桥上，青砖灰瓦上，白的墙上，整个小镇仿佛是一首典雅的诗歌。

葡萄秧略有些疯狂地肆意伸展，霸占它能够抵达的天地。青青的果子成串地挂下来，一览无余地享受这片光阴。

葡萄架下，一位白发老人仰躺在竹椅上，悠闲地读着一张晚报，几只蜜蜂在周围起舞，不远处，有清脆的鸟鸣。

他的老伴，坐在一只小凳上，把他的脚放在她曲起的腿上，正在给他剪脚趾甲。

光阴就这样慢下来，在爱情的面前缓缓流淌。

脚刚刚洗过，她轻轻地剪脚趾甲，就像是在修复一件珍贵的艺术品。小心翼翼，却又深情流露。

在白发苍苍之际，仍然有初恋般的深情，牵着他的手，就有了爱的温情。


3.

在常熟。

夏日，深夜。

路灯慵懒地眨着疲倦的眼睛，氤氲的灯光散出迷朦的光亮。

在燥热中，热闹的街市已渐渐地安静下来，路上的行人越来越稀少。

忽然，清脆的自行车铃声划破夜空的宁静，一对男女边说边笑地骑行过来。这是一对下了夜班的年轻人。他们的话语明显地与这个城市固有的声音不符，把他们打工的身份烙了进去。

辛苦、劳碌，并不妨碍他们快乐，这种快乐是发自内心深处奏起的音乐。身体劳苦，内心愉悦。

自行车的轮子骑行在马路上，那是汽车欢腾的地方，却不能遮蔽世间简单的幸福。

他说，这个月，再有几天就可以发工资了，整整比上个月多了600元。

她说，比你还多呢，全勤，比上个月多了680元。

然后，他们把臂膀搭在一起，两辆自行车，就成了并行的轨道，在这个城市的马路上唱起了爱情交响曲。

在迷离的灯光里，看不清他们的面孔，也听不明白他们更多的方言，却能读懂他们真切的幸福感受。


4.

在上海。

繁华的都市，喧闹的生活。

她是写字楼里的白领，月薪1.5万元。他是公务员，收入略少，不过稳定。

他们是这个城市精英的代表。

但是，他们只是新上海人。他们在这个城市没有房子，也没有这个城市的户口。

他们渴望成为真正的上海人。在这个城市里打拼，在这个城市里运转。

他们喜欢这个城市的繁华、热闹、文明、速度，也喜欢现在的这份工作。

她28岁，他31岁。

如果在别的地方，他们应是孩子的爸爸妈妈了，但是他们还在为做爸爸妈妈做更多的准备与努力。

他们早已登记并同居，却一直不敢要孩子。

每一次，她都会比监察局还郑重地告诉他，小心"中奖"！

他们不敢"中奖"，也不能"中奖"，现在的收入远远不够买房成家，也无法承担孩子的一切。

二人的幸福，需要更多的努力与付出。

繁华的都市生活，不是每个人都能轻松享有的。尤其是要在这里垒巢建窝的年轻人。


5.

在淮阴。

他是一名船员，爱好写作，诗歌在当地的广播电台定期播出。

她是师专的一名学生，快要毕业了。

每每有他的诗歌，她都会细心聆听，他的诗在她的心里像是大海起了涛声。

他不知道有这样一个女孩子喜欢他，喜欢他的诗歌。

她也不知道他的模样，他那与众不同的生活。

他长她两岁，经历却是她的N倍。

她在这个城市长大，从小就在这个城市里生活，毕业后也会在这个城市里工作，一切按步就班。

他出生于乡村，一路打拼，考上航校，后来顺理成章做了船员。四处漂泊的生活，给他了太多的阅历，也给了他太多的考验。艰辛、危险，还有远离亲人的相思，让他过早地体验到人生的种种。

有一次，她从电台编辑那里找到他的单位信息，去找他。不曾想，他正在外面漂泊，她静静地在那个码头边的办公室里站立了好久，水拍打岸边的响声，把她的思绪带到遥远的地方。

那是大海吧？她的想像里有博击风浪的他。

他却从不知道，有一个女孩子为他来过。


……

有无数种爱情，有无数种解释，也有无数种幸福，无数种无奈。

爱情，是越简单越好，还是越光鲜越好，只有自己最懂。个中酸甜，自己体会。

# 回忆里的她

他们是同学，同窗6年，说过的话却很少。

高考过后，各人走上不同的路。开始，还依稀有各自的信息在同学间传播，时光日久，便慢慢地淡去。

他是喜欢她的，却不知她是否喜欢他？暗恋在他心中盘旋的时光好长，她的身影便在这种回忆里被描绘得越来越美丽。

他有了妻子，有了女儿，偶尔的，还会在心头闪现出她的身影。他有时也会翻看当初的毕业照，冥想她现在的模样。

有一首歌，叫《同桌的你》，不停在他的心头回响。虽然不是同桌，却有相同的感受。

有一回同学之间聚会，他淡淡地随口说了句，不知她现在怎么样？

身边一个女同学告诉他，她现在在一个路口摆摊卖水果。他听后一惊，怎么会？

心中虽有不同的答案，却也不能给自己肯定的回答。

有一回，他路过那个路口，仔细地观看了一下，真的发现一个中年妇女在路边叫卖水果。

他停了车，走过去，那妇女见到他，即刻上前询问他需要买什么样的水果，边说边夸起水果味甜、个大、水多。

他望着她，她浑然不觉。

头发零乱，肤色黯淡，穿着也不讲究，曾经的美丽烟消云散。

他愣愣地伫立了一会儿，唯一能找到的印象，就是她那双眼睛，似曾相识。

他伤感地开车离开了，她在身后追着喊，"这么好的水果不买点吗？"

许多旧日记忆，只能藏在时光里荏苒，不要想着追寻不可能的情景再现。面对岁月，谁也逃不过沧桑巨变。

如果有曾经的美好，就放在记忆里珍藏吧！要记住，相见不如怀念。

# 那是因为爱

她是一位厉害的女子。熟悉她的人都会这样说。

她语言锋利，对谁都不会有一丝温柔。要是有谁得罪她，那一定会有尴尬的一幕上演，她会以凌利的攻势，把对方击打得落花流水，任谁也阻止不了她的野蛮进攻。

有一回，单位里一个男同事，不小心说了句她不够温柔。算不上罪名，只是背地里闲聊而已。她当着众人面，淋漓尽致地把她的"不够温柔"上演了一次，直到把男同事弄得灰头土脸才善罢干休。

为此，虽然她有漂亮的外表，却少有男人敢对她表达爱意。与她同般大小的姐妹，都已牵手进了围城，她却孤家寡人，她有时会自嘲是单身主义。

在她强大的外表下，内心里千疮百孔。哪个女子不期盼一个白王马子来爱？有人爱的女人，才是真正美丽的女人。

她的野蛮声名远播，没有男人敢向她示爱。

时间像是射出的箭，流逝得太快了。她一步步地迈向剩女的阵营。

其实，她也有她的好，与她熟悉的人都知道。她能干，认理，执着，就是太野蛮了，令人望而却步。

有人说："要想把她管住，那得要怎样彪悍的男人啊？"

有人说："即便能管住她的身，如何管住她的嘴？"

是的，即便可以武力制服她的人，也无力阻止她能言善道的嘴。

看着一位位女友小鸟依人地傍着自己的男人，她嘴上不说，内心里有了无比的羡慕。

后来，有一个瘦弱的男人进了她的视野。

男人比她还矮，又瘦。

身边的人，猜不出这样的恋爱会有什么结果？

如果他们组成了家庭，男人一辈子会被奴役。这是许多人内心的想法。

经过一段时间，他们竟出人意料地走到了一起。更让人出乎意料的是，他们居然过上了和美的生活。

她从不对他施行奴役，也不会对他武力相向。这世界仿佛变了，她从此小鸟依人，对他恩爱有加。

与生俱来的脾气，多年形成的习惯，已与整个人融为一体了，很难改变。可是，有了爱，居然一切可以为之变化。那些所谓的习惯，都已被爱情修改。

一个人，为了另一个人发生改变，那是因为深深的爱。

# 那些美好

他再也不会像以前那样，对她格外好，为她做那些令人难忘的事。

她不是愚笨的人，他的一丝一毫都逃不过她的眼睛。她也想过，他为什么要这样？可是她实在找不到原因。她也找过机会，与他好好地聊聊他们之间的感情。

她能从他的言语里听出应付与敷衍，她不想要这样的感情。真正的爱情，是用心在爱，倘若内心里没有了地位，这个人就只剩躯壳了，怎么也留不住。

是她提出分手的。她知道，即便他们之间有问题，他也不会先开口。只是，她若不提，他们之间就会越来越冷淡，到最后冰冷如霜。

她提出分手，他好像预料到她会如此。

只是，他不曾想到，她对他依然有一份温情。连争执都没有，更不要说为财产分割闹矛盾。

他有些不忍，就给她，算是补偿。她不要，一五一十，所有东西，都一分为二。

最后，他有些歉疚地说："你有什么要求，尽管提，只要我能做到的，都可以。"

她一笑，就像他们当初相恋时一样。"我只想和你们一起吃顿饭。"

他听了这个要求，一愣，不过，最后还是答应了。

这是一个多么荒唐的要求，可是，他明白她。

那天，他多少有些忐忑不安。她要是冲动，他该怎么办？两个女人，他都爱过。

但是，当他们走进约定的咖啡馆，他就放了心。

她静静地，嘴角依然有完美的微笑。

她看着他们，讲她与他之间曾经的往事，那是多么美好的时光啊！他听了，有些惭愧，脸隐隐地红了。

她说："我现在把他交给你了，你们要完美地生活下去。"

那个女孩有些不安与拘谨，两只手不停地搓着。

她看着，喝完了杯里的茶，向他们晃了晃，"我的结束了，剩下的是你们之间的事。"然后起身而去。

她不是不心痛，可是，她能够想起的都是美好，既然抓不住，何不放手？

就连结局都是美好的。至于他们是什么样的，那是他们之间演绎的故事。

相爱从来都不是简单的事，有甜蜜，也有心酸；有幸福，也有痛苦；有美好，也有艰难。

不过，记住那些悲苦又有何益？把那些曾经的美好放在心底，就能给自己另一种心境。

# 优　势

她的父亲有一家中型企业，她在企业里从事中层管理。

她长得不算特别漂亮，却也有自己的精彩。

她出身好，结交的圈子广，身边不乏追求者。然而，她看过太多的爱情悲喜剧，身边有许多女友，找更好的男子嫁掉，却并非如想像的美好。

那些条件优越的男人，并不懂得珍惜。女人最好的归宿，是要她认可的那个男人懂得珍惜。否则，条件再好，也没有什么幸福感可言。

她冷眼旁观，冷静地为自己规划未来。

一次朋友聚会，她看中了一位男子。他出身一般，却依靠自己的打拼获得了成功，为人真诚、善良。女友懂得她的心思，从中撮合，多次相邀聚会，他却偏偏无动于衷。

不是不明白，她的各种优越。朋友旁敲侧击，闲聊吹风，许多信息就这样递给了他。

后来，朋友劝她，要是有意，就自己主动些。她想，也是。

她放下架子，邀他，当然不会是仅仅两人的空间。他就像一个涉世不深的青涩少年，不解风情。

只有他自己明白，他不想拂了她的好意，不愿冷落她。他对她并不动心，又不能直言拒绝。

一冷一热，久了，就都冷了。

后来，他找了一位普通的白领，日子过得恩爱有加。

他为什么对她无动于衷呢？

她有那么多的优点啊！

如果了解他，就明白他这样的选择合乎情理。

他出身底层，习惯奋斗，多年来，早已不再拮据，却依然过着简单的生活；而她，从来都是衣着名牌，与他在一起，是两个世界。不是经济的区分，是生活的习惯、个人的追求。

这样的两个人，在一起生活，能有多少共同点？

他阅人无数，每个细节都逃不脱他的眼神，何况一个从不掩饰的富家女子？

她的优势，在他面前，就是缺点。

爱情不是买卖。商品的优点可以尽数列出，用以向客人推销。爱情，有爱情的属性，优势也因人而异。如果喜欢，即便是缺点，也算不上什么不足，自然就有爱涌出。如果不曾心动，所有的世俗优势，只能打动与爱情无关的投机与投资的心。

# 记忆项链

　　她清楚地记得他送给她的礼物，生日时的项链，初识时的手镯，那些礼物在她身上戴着，也在她心里盛放着。

　　相爱的人，除了向对方倾诉衷情，另一种表达的方式，就是会送礼品。一赠一受间，情感就有了寄托。

　　他们相爱时，还没有现在这些通讯方式，更多的是手写的书信，一周一封，她把收到的信整齐地放好，标上记号，没事时会打开看看，想想那时的浪漫。文字不够表情达意，还会自制插图，想你是画一颗心，吻你是画一张唇，拥抱是两双胳膊搂在一起，比现在的手机彩信还有趣。

　　她那时候在东城上班，天天挤公交，他说，我给你买辆自行车。26女式粉红的自行车，挺好看的，她喜欢极了。自此，她天天骑车上班，风里雨里，晴天阴天，这辆车伴着她走过几年岁月。车子早已斑驳，但是在她心里，那辆车依然崭新，停留在多年前的那一天。

　　她过生日，他说："去给你买件衣服吧？"

　　在服装城，她看中了一件衣裙，360元，在当时是近一个月的工资，她有些舍不得。他说："你喜欢？"她默默地点点头，他即刻付账。那件衣服旧了，早已不知丢到哪去了？但是，那天的欣喜与快乐却一直在心头荡漾。

　　要结婚了，他们像小鸟垒巢一样，天天去买必备的家庭用品，锅碗瓢盆，舍不得打车，拎在手里，背在肩上，累却快乐。家里那么多的东西，就是他们这样一点点地搬回来的。

时光就是这样一点点流逝的吧？岁月悄悄地偷走了他们青春的容颜，却在他们心中堆积起太多温馨的记忆。

她喜欢回忆这些点滴，就像一粒粒珍珠，在逝去的时光里闪着光芒，她一粒粒地寻找，串成一根记忆项链，珍藏在心里。

每一对相爱的恋人都有这样一根记忆项链吧？不是戴在光滑的脖子上，而是珍藏在无人触及的心头。

珍珠项链，黄金项链，铂金项链，宝石项链，虽然美丽、宝贵，可是，都能用金钱购买，世间万物，一旦可以用钱买到，再贵的东西也不过如此。而记忆项链，岂能用金钱衡量？

爱的幸福吗？可以尽力去寻找一下，是否拥有一条这样宝贵的记忆项链。若有，幸福自会不期而至。

# 低处的风景

他们一起外出时，必然会吸引众人的目光。他1.90米的身材，身边偎依着1.60米的她，巨大的身高差，不由人会多看一眼。

他们相识，是在图书馆里，高高的书架，她看中了一本书，却够不到，他坐在边上，起身随手抽出递给了她。如果，仅仅是帮忙抽一本书，他大概不会记住她，可是，她看的书，居然很合他的味口，这就有了交流的契机。

在知识的海洋里，身躯高大的他居然敌不过小小的她，她渊博的知识，不俗的谈吐，令他着迷。她仿佛是一座图书馆，腹中藏着万卷书。原来，她并不矮小，她的智慧足以令他仰视。

他开始慢慢发现更多的风景，原来，他习惯以自己的视角看事物，有了她的存在，就会打开更广阔的视野，给了他原本不曾发现的天地。他发现，当一个人习惯了以自己熟悉的姿势审视一切时，思维就会形成定势，倘若能够换种姿势，即便低处，也会有更多不同的风景。

在不断地交流与沟通里，情感悄悄地流进双方的心灵。他喜欢上了她，她也觉得他是可爱的人。

在外人眼里，他那么高，那么帅气，怎么会看中她呢？

在熟悉的人眼里，她那么有才华，那么聪慧，怎么会找一个仅有外貌的他呢？

只是，在他们两人心中，他从不曾觉得她是矮小的，她需要仰视才可见。而在她心中，他们之间也没有众人眼中的差距，她的目光可以投向更远的地方。

也许，所谓的低处，只是心中有了一个固定的模式，就会被视为洼地。可是，海洋虽然没有高山的伟岸，但是有宽广的胸怀。

不要把自己拥有的优势无限扩大，也不要忽视别人不曾展示的优异，很多时候，低处也能聚集更优质的资源。领袖的智慧固然卓越，也需要低下头来，问问百姓的想法，聆听更多的声音。

也许，低处的风景，更能震撼人心。善良与美好，唯有俯首才可以洞见。

# 青　梅

那时候，他12岁，她10岁。他是从城里来的孩子，在他乡下的姨家暂住。

开始，他们之间还有陌生的怯怯，不久，就熟了，粘到一起玩。

城里的孩子，到了乡下，一切都新鲜、好奇，田野、草地、荷塘、果树，都是一片神奇的世界。

她是假小子，上树摘果子，下水摸鱼虾，还敢去荷塘里采菱角。夏天，脱去外衣，只剩短裤、衬衣，扑进水里，鱼一样游来游去，令他好生羡慕。不一会儿，她采来一大捧菱角，新鲜、汁多，咬开，吃得欢。

乡村里到处都是可口的东西，地里的瓜，树上的杏，水里的菱角，可他却找不到。她和他一起出来，想吃什么，顺手就能搞来。树上的杏子，黄灿灿地躲在叶子里面晃，她几下就蹿上了树，站在枝丫上，一颤一颤的，他提心吊胆，她却毫不心惊，还会在上面用力跺下脚，让树枝颤抖得更厉害。她笑得花枝乱颤，他已吓得白了脸色。

看到他白白的脸上泛起的惊慌，她就有了莫名的喜欢，浅浅的，在心里打了旋涡。

他也会把他从城里带来的巧克力、奶糖，与她分享。他们偷偷地躲在村外的池塘边，细细地品尝城里来的美味。她会仰着头，看天上的白云，听飞翔的鸟鸣，心儿就有了翅膀，飞向了远方。那个她从未去过的城市，是什么样的？

他给她讲，有高楼，伸进了云里。

她问，那怎么上去啊？

他说：里面有电梯，人坐进电梯里，一按开关，想上几楼就去几楼。

她想，城里真好。

他说：城里有旋转木马，人坐在上面，跟真的马一样跑起来。

他说：城里有动物园，里面有很多动物。老虎、狮子、大象、猴子、孔雀，也有蛇，还有什么？他说还有很多，他记不住名字。

她就默默地听他说，静静地沉浸在他描绘的世界里。

她很向往那个世界，她从未去过的地方。

看到她的神情，他问：你想去看看吗？

她没有回答，她很想去，可是他能带她去吗？

他好像看懂了她的心思。承诺说：等我回城，一定带你去。

她的嘴角有了笑意。

后来，她就对他更好了。

她还偷偷地带他去三婶家的瓜地里，偷了瓜。太甜了，太好吃了。他们一起啃那瓜。为了防止三婶看到，她头上顶了片荷叶，猫下腰，轻轻地在瓜地里缓行，摘下瓜，再慢慢地退回来，她不敢转过身走，怕被发现。

许多好东西，她都愿意和他一起分享。他未来时，有些事，她不敢做，现在她会去为他冒险。

她觉得，他是自己梦想的钥匙，和他在一起，就可以走进新鲜的世界里。那种感觉，甜甜的，很美妙。

一天晚上，他略有些伤感地对她说：他要回城里去了。

她有些惊，他说过带她一起去的。他却没有提。

一夜，她睡得迷迷糊糊，天未亮，就悄悄地起了床，守在他姨家的路边。早晨的雾大，人影影绰绰的在雾里晃动。她看到一辆车，他被一个男人搂在手里，没等他转身，就被塞了进去。

她的泪水就落了下来。她好想冲上去，却迈不开脚步。车子在雾里消失了，好像鱼游进了水里。

她回到家，一个人待在屋里，紧紧地拥着床上的棉被，泪水湿了一大片被角。原来，她的心早都飞了起来，好像快要飞到城里去了，那些高楼，那些动物，她都在梦里想过很多回了。一不小心，这些都悄然消失了。

她再也不想上树摘果子，也不愿下水摸鱼虾了。

她像变了一个人，不再野，不再疯，慢慢地，岁月溜走了，她悄悄地长成了美丽的少女，那些往事就藏在心底成了一片风景。

## 赏　识

　　和许多平凡的女孩子一样，貌不出众的她，没有多少言语，也缺乏引人注目的行为，淹没在一片人海中。除了身边的几个姐妹，甚至没有多少人能叫出她的名字。

　　她只是默默地工作，就像一滴水，活在自己的世界里，岗位低微，薪水微薄，连一件时尚的服装都舍不得买。

　　他是来这个店检查工作的，偶然的一次相遇，他发现了她的不同。她所负责的货架，规则、整齐之外，货物摆放的别有趣味，很符合顾客的购物心理。他细细地检查了这个部门的货物销量，是出奇地好。

　　那天，他悄悄地找到她，问了她一些问题。开始，她还有些犹疑，小心翼翼地说话，他鼓励她说："我检查过你负责的货架，做得挺好的。"她像是烈日下暴炙的花，忽然被浇进救命的水，瞬间鲜活起来。

　　她都不敢相信，她可以在他面前滔滔不绝地谈了自己的想法。周到、细致、长远，好像她就在等他的到来，好像这个计划深藏不露地卧在内心好久。其实不是的，她就是把自己的想法讲了，而且讲得比想象的要好。

　　他的眼神亮了一下，又亮了一下。她都捕捉到了。

　　他走后，向她的上级建议，把她提拔到上一级部门。出人意料，她竟然做得非常出色。一向没有人注意的她，却能绽放出异彩。

　　他还是会过来检查工作，每一次，他都会关注她的工作，发现她有进步，就会鼓励她。连她自己也想不明白，她一见到他的眼神，就像有了勇气与力量，似乎什么样的难题都不再害怕。

没有人懂得，其实她自己都不敢相信，她会做得这么好。如果没有他的鼓励支持，也许她只是一名普通的员工，从不敢有任何奢望。然而，有了他的鼓励支持，她就有了向上的勇气。

虽然他们之间没有太多的交流，但是比很多的长谈更觉心有灵犀。也不过是短短两年时间，她就坐到部门经理的位置。工作得心应手，处理事情也游刃有余。

后来，他竟与她成了恋人。有人恍然大悟，难怪他那么照顾她。

不是的，不是的！最初他们谁都不认识谁。只是他看到了她，然后就觉得她能做得更好。而她，居然也把新的工作做得风生水起。在他的眼神里，她倍受鼓舞，她找到了被人赏识的激情与勇气。

被人肯定，尤其是被有能力的人赏识，会激发出无穷的勇气与能量。王子爱上灰姑娘，此后，灰姑娘绝不会再是平凡庸常的灰姑娘。

## 石上长树

他们之间的爱情，受到了太多的阻挠，影视里的爱情片断都在他们身上出现过。父母刁难，朋友劝阻，就连要好的闺蜜也不看好他们的爱情。

欲爱不能是痛苦的，可是，想爱却被阻隔也许更痛苦。他们是水里盛开的莲花，拼了命向一起靠拢，中间却有许多阻隔，隔断相爱的路。他们努力地想冲破这种阻隔，却觉得力量越来越微弱。

他们相约，去外地游玩。离开身边的人，换个环境，也有了好的心情。他们好像回到了当初相爱时的模样，心与心靠得更近了。

人走进大自然，徜徉于山水之间，就成了其中的一棵树，一泉水，畅意的生长着，欢快地奔流着。

山间红花绿树，清泉溪水，鸟语花香，真的是世外桃源。在这里，他们开心地谈笑，肆意地狂欢，紧紧地拥抱，再也没有人可以阻挡他们相爱。有时，他们真的想在此长久住下，再也不回到烦人的亲人身边。

他们沿着山间小路，一直向上攀爬。忽然，眼前的景象令他们惊奇不已。一棵树，长在一块石头上。

这是一棵怎么样的树啊！它有硕大的根系，却是紧紧地包裹着一块顽石，它的皮附着在石块上，这里，既没有泥土，也没有水源，它是如何生存下来的呢？他们被眼前的奇异的生命景象惊呆了。

其实，这棵树也算此地一景。它用根系的皮紧紧地包住石块，然后，围绕着石块向下延伸，它要用多长的根须，才能寻找到生命的寄托？

世间的树，多生长在泥土之上，靠近水源，那是它们的生命之源。然而，当一棵树，只有在石块上落根的机会，它还会有机会活下来吗？眼前的一切给出了肯定的答案。

他们决定不再逃避。

还有什么样的艰难会比石上长树更难的呢？

他们回到了故乡，回到了亲人身边。刁难、阻止不会少的。但是他们相信，这一切，都不会难倒他们。即便没有泥土，没有水，他们也会寻找爱情之源，坚定地让自己的爱情之树成长。

他们换了方式，能感动的去用情感动，能争取的就尽力争取，不肯支持的，他们也决不低头。最终，爱情是他们自己的事，他们获得了爱情生长的空间。

在他们的婚礼上，祝福他们的人很多，众人都有一个疑问，当初，那么多的刁难与阻止，你们是如何走过来的？

她向众人亮出了答案。他们曾经为此苦闷过，在最苦闷的时刻，找到了问题的答案，那是一棵默默地生长的树。当一棵树能在一块光滑的石头上生长，世间的所有难题都不再困难。

当生存的力量大于困难，生命一定会茂盛地绽放出它固有的强大力量。爱情也一样，只要爱得足够深，没有任何力量可以阻挡。

## 手里的幸福

出了机场，她的手里抱着大包小包的行李，怀着身孕的她行动不便；他走在前面，拖着一个行李箱，旁若无人地直奔出租车而去。

他不会等她，也不会帮她拿些行李。他能拉起行李箱，已经是进步了。

他出身小富之家，与她大学同窗。来自乡下的她，能嫁给他，是父母口里的幸福，唯有她明白，这份幸福需要多少付出与忍耐。

她像姐姐，像母亲，照料他，而他也享受这份照料。

外出，她从不奢望他能帮她拎些物品，那是她的事。只有她拎着这些沉重的物品，她才会握住手里的幸福。她很像他的秘书，帮他拿这些东西。

想起初恋时，他大方地买来鲜花、礼品，堆在她的面前。他是舍得为她花钱的，却舍不得力气帮她提这些物品。

在乡村，她花的力气比这更多，那些农活，哪一样都是沉重的！可是她从不叫苦。与他在一起，她依然不能叫苦。

那天，在服装专卖店，她看中的衣服，他一一买下，可是，都在她手里提着，即便试衣时，他也不会接下那些包裹。营业员用诧异的目光望着他们，他无动于衷，她也只能装聋作哑。

从乡村一步步地走到今天，她把属于自己的幸福紧紧地攥在手里，通过奋斗与努力，找到自己的理想。她懂得，幸福，就是手里的重量，提着，虽然累，但是有幸福感。

大学里的密友看到她的样子，悄悄地问她，"你过得幸福吗？"那天，她肩背手提的，他却轻松地跟在后面。如果看到她现在的样子，有孕在身，还要提着行李，更加不可思议了。

有些道理，谁都明白，可是要想做到，却颇费功夫。他多年养成的习惯，不是一朝一夕就能改变的。如果她搬来大道理，他一定会嗤之以鼻。他是爱她的，却不会设身处地为她着想，这些需要时间，也需要影响。她不期望瞬间改造他，只是慢慢地影响他。

有些幸福，既不是别人眼中看到的光环，也不是别人见到的凄苦，那些小小的甜蜜与幸福，藏在自己心中。

她明白，她要的幸福，不是辛苦地操劳，也不是尽情地享受。她要的，是让他慢慢地为她而改变，懂得她，明白她，疼爱她，珍惜她，不仅舍得为她花钱，也会帮助她提起手里的包裹。

最好的爱情，是两个人一手拎着物品，另一只手紧紧地搀在一起。

## 他并不贫穷

他出身乡村，在这个城市一无所有，可她偏偏爱上了他。

她的闺密不解地劝她："他那么穷，你跟他在一起会受罪的。"

她灿然一笑，"他并不穷啊！"

闺密说："他有什么？要钱没钱，要房没房！"

她对闺密的话不以为然，"他虽然没有钱，也没有房子，并且出身乡村，但是他并不自卑，勤奋好学，又有理想，年轻的男人没钱不可怕，可怕的是不思进取，或者好逸恶劳。"

闺密自是说不过她，但是她们的选择却是不同。她的男友普通平凡，闺密找的是有钱的男友。

你找什么样的伴侣，就会拥有什么样的生活。她与闺密的生活自此不同，但是她依然乐观、积极。

闺密则享受生活的赐予，与男友在工作之余游山玩水，乐此不疲。

她与男友一起打拼，为男友出谋划策，为男友打理财务。

每个人都有权选择自己的生活，有权选择自己的未来。只是，有的人更在乎抓得住看得见的幸福，有的人却敢于下注，博取将来的幸福。

闺密的幸福人人可见，她的幸福如平静水面下的涌动。

不论生活多么劳苦，也不论社会多么复杂，敢于付出的人，积极进取，都会有所收获。而有大智慧者，则会抓住更多机会收获希望。

她与男友经过一段时间的历练，事业逐渐步入正轨，开始稳步发展。闺蜜的幸福仍然属于小资的快乐，计划假期的旅游。

不久，她与男友的事业取得惊人的进步，收入不断跃升，她的远见才被人发现。

当闺蜜为外出旅游如何省钱在网上查询，多次精打细算时，她与男友却直飞国外度假去了。

谁能预测一个人的未来？那个爱他的人能够。积极、勇敢、理性、执着，当一个男人拥有这些品质时，即便他起点很低，他也不会太久地屈居人下。

在她年轻时，勇敢地与他牵手，并说出"他并不贫穷"的女子，是一位具有远见卓识的人，她能自己把握幸福的未来。

## 我喜欢啊！

　　她容貌出众，清秀可人，有一份很好的职业，在一所名牌大学里做讲师。当她在一档相亲节目里露脸的时候，立刻成了观众关注的焦点。

　　她会寻找什么样的如意郎君？又是如何出众的男人能配得上她？

　　人们在猜测，人们在度量，人们在想像。

　　台上的男人，很多把她选作心动女生。窈窕淑女，君子好逑。

　　面对众多出色的男人，她早早地灭了灯。

　　于是，她的行动证明了她对未来那一半的追求绝对不俗。

　　上场的男人越来越优秀，因她而来的人越来越多。有的男人上台就言明，为她而来，其她女生一概不考虑。然而，她依然早早地放弃，不再选择。

　　主持人有些纳闷，她到底要选什么样的男人？要有多么优秀的男人才会令她动心？

　　她却说："我喜欢中等个子，胖胖的男生，胆大心细，有所担当，不在乎家庭，不奢求富贵。"

　　她真的会做出如此选择吗？这样的男人也太普通了吧！

　　没有多少人相信她的话。

　　面对出色的她，人们为她描绘了相配的男人，有人在网上甚至画出了男人的外形，英俊潇洒，风流倜傥，有车有房，职业理想。这样的男人，边上站着她，一定是郎才女貌，世间绝配。

一个男人登台。中等身材，貌不惊人，甚至连职业都是那么普通。她却一直为他亮着灯，当他越来越自信的时候，她明显表示出无与伦比的好感。

即便她最后站在他面前，等待他的选择时，也没有人会相信他们最终可以牵手成功，他们之间的距离在人们的想像中远隔千山万水。

然而，令所有人大跌眼镜的事发生了，他们居然幸福地牵手了。此刻，有多少男人为她心碎，有多少男人愤愤不平。

就连主持人也问她："他真的是你最好的选择吗？"

她说："是啊，我从小就喜欢这样子的男孩。觉得这样的男孩是最帅的，最好的。"

"可是，比他更好的男人多的是啊！"主持人脱口而出。

"可是，这样的男孩子，我最喜欢啊！"她的回答更是令人叫绝，简直是爱情绝唱，天籁之音。

有多少女孩子可以抛却大众的审美标准，大胆而固执地选择自己喜欢的男人？

"我喜欢啊！"明白自己的内心，并为此执着寻觅的女孩，才是爱情的女神。

## 岸上的风景

船系在岸上，一根缆绳联系着船与岸的相思。

水浪轻轻地拍打着船舷，发出"啪啪"的声音，像是即将离别的倾诉。

岸上，一对年轻的男女紧紧地相拥，他们就像这船与岸。

轮船发出一声长鸣，即将要启航了。

水手解开了缆绳。

他有些不舍地松开了手。

她泪水盈眶，默默地凝视着他。

又是一声长鸣，在催促他登船启航。

他向她挥了挥手，转身离开，一个箭步跃上了船。

她立在岸上，目光凝视着他离开的身影。

去远方，去远方。

她知道他要去远方。

她向他挥起了手。

风起了，慢慢地鼓起了她的裙裾，红色的裙，像是一叶涨满的帆。

他舍不得她，他离开，她就要一个人面对生活，面对遇到的种种难题。
虽然，他把一切能够想到的生活物资，都准备好了，可是，生活里仍然有许
多忽然而至的难题需要她独自面对。

他却不得不离开，他要去远方。远方是他的理想，是他的任务，是他的

追求。

她舍不得他。

他去远方，要遭遇许多风浪，要面临许多风险，有激流，有暗礁，有台风，有忽然降临的灾难。然而，他的使命在远方。

她立在岸上，向他渐行渐远的船眺望，直到他与船都渐渐消失在视线的尽头，她依然伫立在岸上，不愿离去。

船已驶离，越来越远，他望着岸上她的身影越来越小，终于小到与地平线吻合，却依然把视线紧紧地盯在岸边的那个方向。

她是他心头的一道美丽风景，是他永远的牵挂。

他想到，他们之间的恋爱，有过多少艰难，是他们牵手一一克服，走到今天。今年是他们相爱的第三个年头，却仿佛走过了很久很久。

他会在海滩边捡拾漂亮的海螺与贝壳，送给她，也会给她讲他漂泊的旅途中遭遇的惊险故事。讲他在漫长的漂泊旅程中，点点滴滴的思念，也会问询她是否有困难。

她总是回答，好着呢。其实，她从不把困难告诉他。那个远在千里之外的爱人啊！即便讲了生活中的困难，也只是徒增他的担忧。

她愿意把自己当成一道风景，在他心中美丽着。

返航时，他总会在船头遥望岸边，她一定会在那里等待他归来。

从模糊的身影，到渐渐清晰，从小小的黑点，到鲜活的爱人。

所以，纵使千里万里，远在异国他乡，只因岸上的那片风景，他就有了力量，有了勇气。

那片风景，会永远活在他的心里，为他美丽地绽放，一片馨香。

# 香　水

他喝得醉意朦胧，回家后倒在床上，连衣服也没有脱。

她走上前，为他解衣，解开最后一件时，一股若有若无的香味泛开，猛地击中了她。

这是她最喜欢的一种香水，也是她非常在意的香水。她不敢相信，此刻的他身上会有这种香水的味道。她仔细地嗅了嗅，确认她的嗅觉是对的。

她忽然从心底泛起一股醋酸味，再看面前的男人，任他醉得不醒人事，衣上的钮扣，还停在一半，他躺在床上，像一个娃娃，四肢尽可能地向不同方向张开。原来，他每次喝醉了，她都心疼他，帮他解开衣服，给他喝汤，亲手煲的。

今天，她在香水泛开的气味里，任愤怒在心底一点点地升腾。

她想起在国外，看到这款名贵的香水，一下子就喜欢上了。那淡而幽的香味，泛滥开来的氛围，非常迷人。她买了几瓶，回国后，给闺蜜乔送了一瓶。乔欣喜万分地搂着她，令她觉得贴心。

这款香水，除了她，在记忆里，只有乔会用，乔也只会在重要场合才舍得。

她不想把乔想得如此不堪，更不想把他想得如此轻薄。却怎么也绕不过去，在她能想到的范围里，真的再没有别人用这款香水了！

她约乔一起喝咖啡，闲聊。她是聪明的，话语不疾不缓，东一句西一句的，乔也心静如水地和她聊着天。忽然，她杀出一句，"你昨晚在哪里？"

乔一下愣住了，脸略有些失色。

这细微的变化当然逃不开她的眼睛，她从乔的眼神里洞察了一切。

他依然若无其事，她也不想闹得不可开交。

如果他只是逢场作戏，她就只当不知，生活中的一切以原来的节奏继续。

他以为自己做得天衣无缝，殊不知早已被她掌握一切。

在他面前，她把未用完的香水扔进垃圾篓里。精致的香水瓶子，贵重的香水，与垃圾为伍，他觉察了她的轻蔑与愤怒。

他的心一震。她并不发怒的轻蔑，令他惧怕。

香水瓶子破了，散出的香水味弥漫开来，荡漾在屋子里，他嗅到了昨晚的迷离与缠绵。

他不由地望了她一眼，四目相对，他在她的眼里读到了审视与诘问。

他一一道出了实情。

她收敛了心里的愤怒，止住了渐渐燃起的火，轻轻地说了一句，"知道错了，以后就不要再犯。"

她省略了下面话：要是再犯，就没有机会了。

他懂得她，话语不多，心底有数。

他再也不敢和乔见面。

一切都像没有发生过一样，却一切都已发生。他们还像以前一样生活，波澜不惊，只是乔从他们身边消失了。

她再也不用那款香水了，她不愿再闻到那味儿。

其实，他已习惯了她的香水味儿，但是他不敢提。没有那香水味儿，生活还是如往常一样继续。

生活中总会有一些特别美好的东西，原来是深深爱着的，却会在某个关口，忽然会被扔进垃圾篓里。

没有香水的日子，少了点缀，却也不妨碍幸福生活的继续。

## 浅 爱

她已是人妻，他也成为人夫，他们都有各自的生活。

他们曾经相爱过，却不能在同一屋檐下生活，他有他的家，她也有她的家。

他在单位里是一位小职员，拿不多的薪水，过尘世普通的生活。

她经营着一家小餐馆，面积不大，却整洁、简约，在城市的街道一隅，来过的客人就不会忘，总想找个机会再来品尝一次。

他有意无意，总会从她经营的餐馆经过，也会进去就餐，他喜欢她，也喜欢她经营的餐馆，还有她的可口饭菜。

她的餐馆刚开张时，位置偏，人气不旺，他就尽量来这里就餐，为的是让她的餐馆多些人气。

他经常带朋友来，店铺不大，朋友会觉得诧异，他也不避，告诉朋友，她是他曾经的恋人。希望他们能常来捧场，他为人豪爽，待人厚道，朋友当然为他情义所动，即便距离远些也会经常前来捧个场。

朋友的朋友，也一一前来，小小的餐馆就有些顾客盈门了。

有时，他会在当地人气很旺的一个BBS上写贴子，为餐馆造势，扩大影响力。

他的所作所为，她都明白。

她的小餐馆，在她的努力经营下，渐渐有了起色，他也格外开心。原来，隔三差五会来吃一次，后来发现人太多，他只是默默地过来看看，又默默地离开。

他有好久没去她的餐馆了。那天，他和朋友喝的有些多，又想到她的小餐馆看看，拐了几个弯，来到她的小餐馆，她正在忙，店里人来人往。

他在门外站着，她在店里忙着，好久，她抬头才发现他。她笑，他也笑，两人的笑就连接在了一起，她就用笑容把他拉进了餐馆里面。

他的脚步有些踉跄，她走过去扶了他一把。他想要杯饮料，她说："给你煲个汤吧？喝汤才解酒。"

他自是默认了。

她亲自下了厨，给他做了可口的解酒汤，端上来，放在他面前。

他喝着，觉得真是舒服。

店面小，客人多，有人买了牌子在等坐位，他喝完汤，愣愣地望了她一会儿，才想起没有理由多待。

起身，她又过来，扶他。

他酒喝得虽然有些多，但是也不用人扶，心里却愿意她能过来搀扶他。

他非常期望她生活能过得好，她的餐馆经营得好，但是，却又很怀念最初她的小餐馆刚起步的时候，他天天召集朋友来捧场，看到她的脸上绽放的笑容，他有些开心。

她懂他的爱，也晓他的心。在心底，她默默地感激着他。

他知道她的贤慧，她的良善，所以一直关心着她。

世间，总有一些人，相爱却无法相守，那么，只能在背后默默地关注。

他离开她的餐馆，继续向家走去。

有些爱，是深深的；有些爱，是浅浅的。

## 有人欣赏

她风华正茂时，爱上一位花花公子。

有人劝她，那样的男人虽然美貌好看，但是非常危险。他有意时，爱在情在，一切顺利；他无意时，过眼烟云，一切皆成空。

她不信，对于普通女子，男人会始乱终弃，对她这样出色的女子，男人怎么舍得离开？

她自信漂亮、有才华、有能力，样样出色，把女人的美发挥到极致。

他们的爱情在不被别人看好中一路发展下去，男女皆非俗人，这样的爱情精彩纷呈。

她懂得女人要靠自己，要独立。婚后，任凭他多次软硬兼施，依然要做自己的事业。他的家庭在当地首屈一指，财富、地位、声誉都有，他不想她再为了工作四处奔波。在家相夫教子，多好！

她坚持自己的理念。她要让自己选择的爱情有长久的生命力，就要有属于自己的天地。

他是爱她的，见她执意要工作，也只能屈服。

她的毅力，她的见地，受到友人称赞。

他们的婚姻生活还是令人羡慕的，一双儿女相继来到，给他们添了许多欢乐。

即便在最忙碌的时候，她也没有放弃自己的事业。她在友人圈里，成了有名的女强人。她的事业蒸蒸日上，她的信心倍增。只要付出努力，只要有自己的坚持，就会获取属于自己的幸福。

她成为人们称颂的对象，成为女性的杰出代表。

她也陶醉在这样的赞誉里，女人就要有这样的成功。

他与她接触的机会越来越少，他们之间有了距离。他躺在家族的财富里，不思进取；她独挡一面，事业如日中天。

他偶尔向她发发牢骚，她会敷衍过去。她觉得，他那只是失落罢了。男人，还是要面子的，在别人眼里，他比她差远了，所以他才会借机向她发发牢骚，找点男人的尊严。

她在事业的圈子里越转越顺，花费的精力与时间也越来越多，而他的牢骚也变得越来越多。

他有什么好说的？

她这么优秀，对他这么负责。

她从来不缺乏自信。

然而，他却最终向她提出了分手。

她发狂般嘶喊，"我哪里做得不够好？哪个女人可以像我这样优秀？你能找到比我更好的女人？"

他却波平浪静，任她的喊叫声落进去激不起一丝涟漪。

她不明白，他不缺少她创造的财富，也不需要她超人的优秀，他只要一个他喜欢的女人。这些，她曾经有过，慢慢地，变成了只属于她一个人的优秀。

他与她成了两条道上跑的车，怎么能不分呢？

喜欢一个女人，就是欣赏她。

她的容貌也许并不出众，却会是他的最爱。

她的才华也许并不优异，却有施展的天地。

她的能力也许庸常普通，却足以令他满足。

……

爱一个女人，就是发现她的与众不同，然后，深深地迷恋、享受她这独有的一切。

## 旧欢如梦

　　她历经了多次恋爱，认识了许多男人。那些男人，当初也算不上好，都是她左思右量后，决定放弃的，可是经岁月打磨后，竟一一放出光彩。

　　林是她最初相识的，那时的他，就是一位最基层的汽车修理工，一件旧工作服，沾满了油腻，一双手永远是洗不干净的样子。

　　当时，她刚进城，还带着乡村里的泥土气息，对这样的男人，虽然没有多少好感，但是能给她一点安慰。在他下班后，可以带她在城里游逛。

　　两人去看电影，他只买一份小吃：虾条一包，葵花籽一包，饮料一瓶，都让她一个人吃。他拿着微薄的薪水，不敢太奢侈。

　　她也有过小小的快乐，在与林相处的时候，他单纯可爱，对她是真的好。

　　她后来遇到米的时候，就主动离开了林。想不到几年不见，林现在已是一家4S专营店的经理了。

　　米是城里人，长得瘦瘦高高的，他喜欢她的漂亮，也喜欢她的纯粹。她还没有经过城市的熏煮，用乡村女孩子的目光打量这座城市，还有这里的人。

　　米在这座城市里有一套自己的房子，就他一个人住在那里，经常会带她过去，每次去，他们就会买些菜，自己动手做着吃，就像他们两个人的节日，在忙碌里找到幸福。

他会嚷嚷着让她喝两口酒，她开始是不喝的。农村里女孩子都不喝酒，大口喝酒是男人的事。可是米拿出一瓶细细高高的红酒，对她说："这是专门卖给女人喝的酒。"

她喝了一口，米就劝，又喝了一口，那感觉真好。头有点晕，脚有点飘，像是要飞。米就搂着她吻了她，她觉得米就像那瓶酒，甜得醉人。

米带她四处去玩，见他的那些朋友，她的漂亮让米非常有面子。

她想，米是个可以嫁的男人，有工作，有房子，对她也不错。

米的朋友多，什么样的人都有。有一个经商的男人，看上了她，经常打电话给她。

她明白他的心思，开始不肯接电话，经不住他的电话勤快，有的就接了。事情就像大堤缺了一个口子，撕开的地方越来越大。

不久，她就跟这个胖胖的叫枫的经商男人好上了。

枫有钱，肯给她花钱。

给她买项链，买戒指，也买名牌的服装。枫教会她认识了许多名牌，开始她分不出那些东西有什么好，在枫的指教下，就慢慢地学会了。

名牌真的是好。穿在身上，不仅有气质，好看，也让别人羡慕，那些目光里的内容让她懂得了名牌的好处。

枫有一次出手大方，带她到上海买衣服。那些只在电视里见过的服装，都随她要，枫只是潇洒地刷卡付账。

当晚，她就在枫的怀里睡下了。枫笑着对她说："我会对你好的。"

枫确实让她享受到了从未有过的人生，原来花钱也会这么令人愉悦。

她与枫开始在一起生活，她俨然是她的妻子。

有一天，她中午忽然提前赶回了家，发现枫与一个陌生的女人在床上正疯狂地扭在一起，她觉得就像发生了地震一样，惊在那里。

枫若无其事地穿衣起床，让那女人离开。

她无法接受这样的男人，即便他有再多的钱。枫也没有了原来的甜言蜜语，对她象征性地挽留了一下，见她执意离开，也大度地同意了。

那时候，她是痛苦的。她像是猝不及防受到了打击，还没有从梦中醒过来，整个人都沉浸在一种恍惚里。

痛苦了半年多，她遇到了简。简是一家保险公司经理，那天在酒吧里遇到喝醉了的她，就把她送回家。

后来，她给简打电话，说要买保险，两人一来二去，就好上了。买了保险，是简给的钱。

简对她无微不至，让她又找到了被男人宠的感觉。

简对她不错，关爱有加，这些都是打动她的原因。那天，她生日，简送了花，还向她求婚，她一激动，就答应了。

偶尔，她会想起以前的那些男友，一个个从她面前掠过，就像一场无声电影。

一个女人，会有什么样的男人来爱，不是她遇到，就会拥有的。有时候，优秀的男人也会出现在面前，甚至即将牵手，却会在不经意间错过。

如果爱了，就坚定去爱，不要再似水漂流，向下一个方向奔腾而去。懂得在一个如意的驿站停留，才会找到自己想要的幸福，否则，旧欢如梦，再繁华的光彩也不属于自己。

第二辑

后
窗

# 等待一件风衣

　　她打开衣橱，满满的衣裳站着队，可是她还是缺少衣裳。女人永远缺少一件衣裳。

　　大街上流行风衣。不管高矮胖瘦，也不管肤色黑白，少女少妇，一袭风衣招摇过市。像是刮了一场强劲的风，穿上风衣就是时尚。

　　她迟疑了片刻，还是决定上街购衣。烦恼时，喜悦时，郁闷时，开心时，买衣购物是最好的宣泄出口。

　　服装商城人满为患。风衣的架子从头排到底，五颜六色，格调各异。

　　她慢慢地穿行在衣架与人群里。看、挑、试，她一件件地把风衣从架子上抽出，不厌其烦地试来试去，却始终找不到感觉。

　　红的、黄的、黑的、紫的、灰的、蓝的，她一一披挂上身，却没有飘逸的灵动。

　　身边，一个女孩子声音细细地说："这件，挺好看的。"一个男孩子即刻从衣架上取下那件风衣，为女孩试穿。细心、体贴、周到，服务员站在一边笑，"挺好看的。"

　　她凝眸，女孩细瘦，男孩可爱，那件风衣就穿出了爱情的滋味。男孩为女孩理衣上的褶皱，抻风衣下摆。在她眼里，女孩像一朵花在绽放。

　　售货员过来问她："看好了哪一件？可以试试。"

　　她摇摇头。她知道，哪一件都不会让她满意。她急需一件风衣，让她穿出百般风姿，可衣架上哪一件风衣也不能给她这样的风采！

32岁了，身边的女友一个个溜了。当初，都是那么好的闺密，无话不谈，叽叽喳喳，上街买衣，下班小聚，热闹有趣。如今，连打个电话的时间都没有，不是孩子，就是老公，比她更为亲密。

孤单、寂寞，蛇一样啃啮她的心。慌！表面镇静，无动于衷，内心早早忌惮别人提她年龄，和她说起家庭。每看到女子揽着孩子，一脸甜蜜，她就会失神，忘了自己。

商场里人群拥挤，她急急地奔向出口。衣架上那么多风衣都不会如她心意，她知道，她的风衣早已不能用钱去购买。

不是不想，可总不能像甩卖物品一样，打折拍卖吧？她哪里不好？只不过没有遇到一位合适的有缘人罢了。

她打开衣橱，把满满的衣裳推开，空出位置，她知道，这个位置是准备摆放风衣的。只要有一件合适的风衣，她一定会好好地珍惜。

她在耐心地等待，等待一件风衣地到来。

她想，一定要像那个男孩一样，随便一件风衣，因为有他的关爱，有他的体贴与珍惜，穿在身上，就会有不一样的风采。

忽然有风吹过，她推开窗，外面一片广阔的天空，一对鸟儿展翅飞翔，她的心舒展开来。她好像看见，有一个高大的男子，怀抱一件风衣，正向她快步奔跑过来，她的心荡漾在幸福之中。

# 后　窗

　　她所住的楼房，是小区最后面一排，后院很空旷，一盏路灯，微弱地亮着，四周的花草，浓密地爬上院墙。

　　她经常会站在窗前，望向这个楼房后面的小院。四季分明，春夏秋冬，她喜欢那些生命旺盛的花草。

　　有一天，她无意间瞥见一对年轻的恋人，手挽着手走进这个小院，多么美好的一对啊！就像那些刚刚绽放的花草，尽情地享受青春的精彩。

　　他们相拥在一起，像两棵花草，交相纠缠着。女孩搂着男孩的腰，男孩搂着女孩的头，然后，他们很自然地拥吻在一起。她想起自己的初恋，脸颊上泛起几片红晕。

　　她有些不好意思，怎么可以偷窥别人的隐私呢？就在她想转过身去时，瞬间发现，那个女孩是一位朋友的女儿，她还那么小啊！怎么可以谈恋爱，与男孩接吻呢？

　　她想告诉亲爱的女伴，却又不知用什么方法说出来好。

　　她内心颇为纠结，看见不如不见的好！要不是这扇窗户，也许她从不知晓此事，女孩还是单纯的女孩。然而，见过了女孩与别人拥吻，就像是自己的女儿早恋似的，内心惶恐不安。

　　一个晚上，天空落着小雨，她又站在那扇窗前，像是在等待什么！一个男人醉熏熏地拥抱着一个女人，倚在那根路灯边接吻。雨从天空落下，划过灯光，密密地洒在男人女人的头上，两颗头颅紧紧地粘在一起，像是雕塑。

忽然，那个女人转了方向，她心里一惊，这个女人竟然是对门的，她的丈夫在外面工作，而与她疯狂接吻的男人又会是谁呢？

以前，她们见面，都会打个招呼，笑意盈盈的。如今，她再也没有了那份纯净。每次想到她与那个男人不顾一切地在雨里狂吻的镜头，就五味俱全。

如果不是这扇窗户，她就不会看到这些不堪的景致，生活还会一如既往地过着，如今发现了这些，就再也无法不动声色心平气和地面对。

没有这扇窗户，该发生的一切还会发生，只是，当这一切被透过窗户的眼睛窥见，生活就变了模样。

爱情里的那扇窗户呢？见或者不见，是否也这样呢？

是有坚强的意志看见了就去解决问题，还是看见了破坏内心的景致，却无能为力？

有时候，窗户可以让我们洞见隐藏在背后的内幕，却也可以破坏原本美好的风景。窗户本无过错，不同的人会有不同的看法，倘若不愿见到那些景致，完全可以视而不见。

# 活得漂亮

一位女性朋友说："人生最值得骄傲的事，是要活得漂亮。"

这位女性朋友，聪明、智慧，她不羡慕别人长得漂亮，也不羡慕别人出身富贵。先天拥有的东西，固然是好的基础，却不会比后天努力取得的更欣喜。

美貌随着岁月流逝，终会成昨日黄花，富贵这东西也像股市一样，涨落没有任何人可以绝对把握。

一个平凡的人，能期待的，就是活得漂亮。

可以是底层的打工者，在工厂里忙忙碌碌，身边都是普通人，买不起城市的住房，不能拥有漂亮的衣裳，却可以有自己的理想，哪怕是微不足道的小小努力。只要一点点地向自己的目标进取，就会有盈盈的快乐荡漾在心头。读几本喜欢的书，看有趣的电影，或者是与志同道合的朋友，一起闲聊未来的发展，即便暂且平凡，因为内心有期待与渴望，也会有与众不同的精彩。

可以是普通的上班族，就像一颗螺丝钉，被固定在一个岗位上，周而复始，却从不厌倦，在重复的劳动里，找到生存的意义。即便简单、重复，因为有自己的感悟与思索，也会有新的发现。许多小小的建议与意见，被吸收、消化，普通的岗位变得越来越令人愉悦。

不要太在乎别人的意见与观点，自己觉得正确，并且适合自己，完全可以一意孤行，我行我素。

活得漂亮，一定不会默守陈规，敢于打破陋习，在有限的范围里，做出最大值的突破与创新。

活得漂亮，一定敢于担当，有勇气、有魄力、有远见、有智慧。不囿于现有的经验，在错综复杂的关系里敏锐发现新鲜的、独到的结构关系。

活得漂亮，不在于起点的高低，哪怕是身处最底层，依然会有乐观的心态，积极的进取精神。

没有人能准确预料自己的未来，即便抓到一把烂牌，也要运用自己的智慧，争取获得最好的结局。

活得漂亮，是运用智慧、能力、勇气、策略等因素，为自己创造一个最为满意的生存状态。

活得漂亮的人，不一定要拥有巨额的财富，也不一定获取高官厚禄。能够活出自己的尊严，坚持真理，明是非，哪怕他只是一个普普通通的人，他也可以活得漂漂亮亮。

活得漂亮是一种状态，一种风格，一种境界，一种大写的人独有的尊严与气概。

# 女人的美

女人拥有美丽的外表，如花的容颜，真是令人心动。不要说男人喜欢，女人之间也会生出些许莫名的嫉妒。

漂亮是女人天生的法宝，被人呵护，招人艳羡。

然而，如果女人仅有漂亮的外表，这漂亮就打了折扣。一朵花，美是美，若没有独特的芳香，又如何可以持久地令人着迷？

外表再漂亮，若缺了智慧，也显空洞。所以，智慧是女人的另一法宝。是在漂亮背景下，更深一层的美丽。

拥有了漂亮的容颜，再有足够的智慧，为人得体，做事干练，这样的女人，即便是男人也要景仰几分。

她的美，不是花瓶式的招摇，不是昙花一现的瞬间，是来自她整个人散发出的魅力。

外表漂亮，不乏智慧，这样的女人，依然有待进一步的发掘。罂粟花也美，却不被人欣赏。善良，必不可少地成为美丽的另一种因素。

一个智慧的漂亮女人，拥有一颗向善的心灵，自然会被众人记住。

此时，她不是一个人，成为一群人的代表，她被赋予更多的美丽内容，是精灵，是天使。

女人似水，有柔情、大度、善良，她把美从外表向内里渗透与传递。这样的女人，已经千里挑一。她的美，就连话语都充满了令人遐想的空间。

当然，倘若女人能够拥有包容之心，她的品味就登上了更高的台阶。万事万物，外表之美仅占其一，善良、大度、宽容则令其拓展了更广阔的空间。

一朵花，它有美丽的外表，又有药用价值，自然比仅能欣赏的花获得更多的好感。倘若再能够有实用价值，还会结出更多可以食用的果实，又如何不被人广泛喜爱呢？

是的，女人的美与此相同。最美的女人，外表之美仅是衬托，她的智慧、善良、大度、包容，令其美的声名广为传播，而不是仅仅见到她的人才会赞美不已。

# 排　队

从见到他的第一眼，她就喜欢上了他。

然而，她却只能默默地喜欢。把内心的爱藏得紧紧的，他有自己的女友，正热恋着。

她想，也许她再也没有机会和他在一起了。与他的那个她相比，她有些莫名的自卑。但是，一个人要是对另一个人有了爱，却怎么也无法理性地阻止内心生出的情感。

看到他们手牵手地走在一起，她的内心隐隐有些嫉妒，仿佛原是属于她的珍贵物品，被别人捧走了。

她只能这样默默地喜欢着，悄悄地关注着他的一切。

直到传来他们要结婚的消息，她把自己关在屋内，偷偷地哭了一个下午。

好长时间后，得到的准确消息却是让她惊讶的结局，他们居然分手了。

她想，终于可以向他表白了。他们分手，是她的一个契机。

她想了好久，怎么样才可以创造机会，让他明白她的心思呢。

那天，她约他在一家咖啡厅见面，他来得有些迟，好在她不介意。她想，他一定会明白一个女孩子约他的心思吧。他却一直被动地坐着，听她东拉西扯地闲聊，越是这样，她越是不好意思明确地表达。

反正他已经是单身了，还是有机会的。她想。

之前，他们有过几次见面。没等到她得到明确的结果，他又有了新的女友。

是他不喜欢她吗？

她终究无法弄清原委。

他的第一次情感结束，就是因为有了中间这个喜欢的女友。她比她先到。

爱情也需要排队吗？

有时候，爱的那个人，已被别人牵走了。

有时候，你想爱的那个人，内心已有所属。

有时候，你爱的那个人，Ta不爱你。

爱情就是这样，它不是购物，也不是等待分配，需要安安静静地排队等候。

遇见了对的人，就告诉Ta，爱就是这样。

# 痛

小时候，摇摇晃晃地走路，母亲在前边捏着一块糖，让她去拿，她只想快点拿到那块糖，不顾趔趄的步伐，一路奔向母亲。就在快要抓到那块糖时，横空栽倒，小手先着地，碰破了皮，鲜红的血瞬间涌了出来，痛！真真切切的痛。

上学了，用铅笔刀，小心翼翼，把铅笔塞进去，转动铅笔刀。一层层碎屑像是苹果的皮被拉出来。一不小心，尖锐的笔尖刺破了手指，钻心的痛。殷红的血像是一粒晶莹的钻石，在指尖轻轻地晃动。

一次考试，出乎意料地差，她不相信自己会有如此低的分数。老师没有批评，只是轻声地问了句，"这次是怎么了？"她就忍不住落下泪，越流越多，像是奔涌不息的河水。她不知道同学们知晓了，会是怎么样的笑。谁叫她一直像是一只骄傲的孔雀呢。痛，第一次从身体渡向心灵，阴影久久不曾散去。

一位非常要好的朋友，因为听信别人的谗言，对她避而远之，她一再解释，却让朋友一躲再躲，越是解释越是不被理解。也许，那只是微不足道的一件小事，即便不去解释，时间也会证明一切，可是小小的心灵就是容不下那点尘埃，越是擦拭，越是模糊。那丝丝缕缕的疼痛，经过血液，流向心脏。

从学校毕业了，她四处奔波，想找一份适合的工作，让她疲惫不堪。

那些精心准备的简历，在招聘人员面前，就像废纸一样，被随手一扔，丢在角落里。没有人在意一个新人的心情，也不会因为她的敏感就格外开恩。茫然、无助，不是钻心的疼痛，却从身体的某一端泛滥开来，然后，逐渐聚拢，痛彻心扉。

职场比学校更加复杂，闲言蜚语像是长了翅膀，令她猝不及防。原本清纯如水的心灵，因为太多的无奈，而越来越失去纯净。有一次，她不得不陪领导去赴一个宴会，不曾想，客户居然当着众人的面对她动起手脚，再也忍耐不住，撇下一桌客人，扬长而去。不过，那份痛，在心里久久不散。

初夜，不是没想过，这样美好的时刻，应是经久的回忆，是一生最美妙的时刻。在他反复的温存里，身体渴望，内心惧怕。他的长驱直入，她的无比疼痛，像是被割裂、被撕扯，令她不敢回忆那个夜晚。

有了爱，就想用房子盛放。他们工作不久，即便首付，也不能完全自己掏出。她不想父母承担太多，一个个朋友，听了她的电话，开始的热情，在她说出想买房的构想后顿时冷却。不能不用痛彻心扉来形容。

……

人生中，有许多许多的痛，在慢慢长大地过程中，越来越剧烈，需要越来越多的能力去承受。

那些疼痛，就像竹子身上的节，每长出一段，就是一节，越来越高，越来越壮。

痛，既然躲不开，就学着慢慢地去接受吧！

# 无法改变

她爱上一个男孩子，爱得刻骨铭心。

男孩子高大帅气，举手投足间都有与众不同的魅力。

她原来心高气傲，对许多追她的男孩不屑一顾。可是，当她遇到他时，即刻被俘虏了。没有了脾气，没有了高傲，也没有了不屑一顾的神气，温顺、安静，就像变了一个人似的。

然而，他却仿佛无所谓，对她的话语，不冷不热，对她的热情，也并无多少回应。

男孩子开一间理发工作室，对自己的工作非常喜欢。有顾客来，在椅子上一坐，他就来了灵感，需要剪什么样的发式，长短把握得恰到好处。

但是，她不喜欢他做这个工作。她总是感觉，那么帅气的人，怎么也要找一个般配的事业去做。而他偏偏就是喜欢理发。看到顾客剪过发后焕然一新的模样走出去，他就会由衷地开心。

他有才华，为什么满足于做这样的事？她想不明白。

即便他不冷不热地对她，她也期望他有更好的工作。

一次又一次，他越来越烦她的唠叨，而她却总是以为他应该理解她。

她说："我可以帮你出钱，帮你找更好的地段，做点别的事吧。"

他说："还有比我剪发更开心的事吗？"

她终究无法弄清，他的真正快乐。他把剪发当成了一种艺术。每一个顾客的发式，都是他的作品，他为此快乐。

　　而她，仅仅因为喜欢他，就想把他改造成她喜欢的模样。

　　一个男人，若是喜欢他，就要懂得欣赏他。他所做的事，哪怕微不足道。只要他乐在其中，就需要用心聆听他的快乐。

　　若是他爱她，不需要她多讲，就会为她而改变。当无法改变时，不是他有多固执，而是他根本不爱她。

　　爱的最高境界，是为对方的喜好而妥协。

　　两个陌生的人，因为相爱而走到一起，多年后，他们许多习惯、脾气，甚至话语，都有了相同之处。

# 一双鞋的爱情

脚上的鞋，一左一右，行影不离。

近水楼台，自然相互了解。

左边的鞋与右边的鞋相爱了，爱得自然而又坦荡。

他们经常交流，也会相互讨论，熟悉的话题很多。因为环境相同，地位平等，思想一致，共同语言多，相爱是水到渠成的事。

他们的爱情，得到了很多人的羡慕。郎才女貌，门当户对，天造一双。

谁说不是呢？

颜色、款式、大小、造型，甚至连底纹都是一样的。

他们在一起很开心，被别人夸奖与羡慕。

一双鞋的爱情，也许就是一对男女追求的完美爱情。

多么好！有那么多的共同点，又不用两地分居，过着形影不离的生活。

也许，只有他们自己才知道，在那么多共同点之下，仍然有不为人知的分歧。

一左一右，已被天生注定，永远也无法换个方式生活。

左边的，只能在左边的世界里徘徊，无法理解右边的状态。

右边的，只能习惯右边的姿势，不能用别的角度思考生活。

左和右，都有自己的属性，虽然形影不离，但是永远被固定在自己的一边。

两只脚，是一个人的，却有不同的习惯。左边的脚外压力大；右边的，却属正常。

久了，一只鞋磨平了后跟，另一只鞋却像倾斜的船，歪了身姿。

有许多被别人艳羡的爱情，光环、鲜花，处处是令人羡慕的表象。得到别人的恭维，受到别人的羡慕，而一颗心，藏在不为人知的角落，独自抵挡岁月的侵蚀。即便千疮百孔，也不为外人所知。

真正的爱情，不是看开始的鲜美与华丽，是看人生最后时光里的温度。即便岁月如水流过，白发苍苍，依然有爱在两颗心里涌动，有脉脉情感在眼神与回忆里传递，这样的爱情更为美好吧。

一双鞋的爱情，要有开始的华美，也有最后的安静。一左一右，得到的是一样的生活，受到的是一样的待遇，离开了脚，也会有相同的姿态，会有多美好！

# 爱不争

他爱她，一直辛苦地追。可是，她对他不是太满意，但也没有拒绝，这么不咸不淡地交往着。

他爱得好辛苦，她却始终没有进入角色。他们在一起时，她常常会不知所云地说些莫名其妙的话语，他却努力地想找到她心灵的进口。虽然他明白她对他没有爱，但还是愿意等待她迟来的爱。

后来，她有了可心的人，弃他而去。他在伤心之余，舔去伤口上的血，重新生活。

不久，她所爱的人不再爱她，她又回到单身状态。此刻，他已和一位女子相恋，恰巧，这位女子是她曾经的朋友。

看到他们甜蜜的样子，她内心不甘。他曾经是她的啊，怎么就可以拱手让人？却不曾想，是她抛弃他而去。

她横生枝节，插进他们的情感生活。

面对自己爱的人，是没有理智的。他忘了曾经的痛，居然听凭她的召唤，乖乖地回到她的身边。那一个爱他的女子，泪水滂沱，他也不管不顾。就像流水，早已远去，却单凭任性的力量，扰起层层波澜。

她一伤再伤。先是伤他，再伤一个无辜的女子。

他原以为她现在爱他了，否则，为什么要费尽周折把他召回身边？

他想错了。她不爱他，只是她现在身单影只，看不得别人好，内心有一种不甘罢了。

她仍是女皇，他是奴仆。

他甘心如此，她也当仁不让。

爱情呢？在他们两人之间怕是没有的。虽然他爱她，乐意为她付出，可是，她只是无奈才和他在一起。

某日，他们一起外出闲逛，遇到当年的女子，身边有一个高大帅气的男人，对女子呵护有加。她嫉妒的心几乎要夺胸而出。

她可以打赢那个女子，从女子身边抢回这个男人，可是她终究不能阻止别人拥有美好的爱情。

爱情，是与一个相爱的人好好地过生活。在茫茫人海里，找到他（她），和他（她）一起享受生活的甘苦。不是看到别人幸福，内心就有争夺的欲望，纵使可以在某时某处争来一个人，可是争不来爱情。

有的女人强悍，处处要自己如意，可是爱情却不能如意；有的女人柔弱，经常受到别人挤压，却会有人保护她，给她幸福的生活。

# 擦肩而过

夏日的城市初夜，热，街道上行人匆匆。路灯泛着晕黄的光，投射在散热的路面。

公园的门口，有一摆书摊的，许多图书格外便宜。他蹲下身，翻看那些书，淘旧书是他的爱好，在一大摊书里，翻拣出自己喜欢的书，就像从茫茫人海里找到可爱的人。

他找书有规律，读过的书，有品味的作者，他就记住，是见到作者的名就买，不用再查看的。有的书，他随意翻看，能看中几行文字，或者有哪句话打动他，也会毫不犹豫地买下。

沈从文的，张爱玲的，苏童的，毕飞宇的，贾平凹的，他翻出一大撂，仍在不亦乐乎地寻觅着。

边上，一个女孩，也蹲下身来翻找旧书。

女孩，长发、大眼，白皙的皮肤，修长的身材，令他心驰神迷。

女孩翻出一本张炜的散文集《温柔与羞涩》，递给摊贩5元钱，转身走了。他一直寻找张炜的这本，却久觅未得。问摊贩，"可否还有？"

摊贩说："那书只是最后一本了！"

他忽然有些失落。他在这里翻了好久，却不见。苦苦地寻觅，其实一直待在身边，依然擦肩而过。

红尘中，有多人，本来是有缘见面的，却无缘相识。一个女孩，一本书，都在身边触手可及，却无法寻找到任何藉口，眼睁睁地望着他们消失在夜色里。

一个人的行走轨迹太狭窄了，能有多少值得珍藏的人与事可以相互交集？然而，纵使遇上了，却也没有机缘深入了解与结识。人啊！需要多少等待才可以寻觅到一生的厮守？需要多少的期盼才可以拥有怦动的情人？需要多少智慧才可以把握漫长的一生？

有的书，错过了可以等待再版；有的人，错过了就是漫长的一生。

# 承　诺

女人都喜欢听男人的承诺，有时候，明明知道这承诺并不可靠，依然期待喜欢的那个人从口里冒出那句话。

她与他相恋三年多了，他唯一的缺点就是嘴紧，很少说甜言蜜语。刚认识时，她认为他稳重，不是随便给承诺的人。他们一起约会，他该做的都会做，照顾她，给她买可口的零食，早早地到约会地点等她，她明白他是喜欢她的。

半年过去了，从未听到他说爱，或者更亲密的话。她有时候恨恨的，却无从发作，总不能向他索爱吧？她内心里明白他的真诚，他那些细微的动作，体贴的照顾，都让她满足。

有一次，他们去看电影，内容就是一个承诺引发的爱情故事，曲折的故事将他们都感动了。她看到他的眼角有闪闪的泪花，这个男人内心也有柔软的地方。

她想引导他明白承诺对于一个女人是多么地重要，哪怕那个承诺是无法实现的。

她说："这个电影太感人了，他那个承诺是多么美啊，令她一直觉得生活在一个美妙的梦境里。"

他说："是的。没有那个承诺，他也一样爱她的。"

真是无可救药。她闷闷不乐地止住了话题。

后来，他们还是结了婚，过起了日常的生活。她想：这个笨男人怕是一辈子也不肯对她说一句动听的诺言了。

直到有一天，她收拾房间，他那个抽屉敞开着，她好奇地打开，一本好看的硬皮本打开在那儿，开头的话儿很美：她是那么可爱，我要好好地爱她，尽我所能为她创造好的生活。结尾还有她可爱的昵称。

她比看到那场电影还感动，原来，男人不是不懂承诺，而是默默地在心中爱着她。

有的人，说的话非常动听，海誓山盟，也许在说的当初是真诚的，可时过境迁，承诺成为一朵美丽的花，绽放过就枯萎了。

有的人，经常会用甜言蜜语表达自己的内心，也许在说的时候，连自己都不愿相信，不过是一种随口说说的廉价语言。

有的人，从不做什么惊天动地的承诺，却会用一生一世的守候去兑现自己默许的诺言。

所以，随便说出口给承诺的人未必会比从不说承诺的人更懂爱情。而女人明明知道这一切，依然愿意聆听动人的甜言蜜语。就像求爱时手捧的鲜花，生日时硕大的蛋糕，相识纪念时的美酒，能够烘托气氛，如果真要是死守一个承诺，相信男人永远不再变心，大概结局都不会太美妙。

# 改　变

他有许多坏习惯，她曾经劝他，"这些习惯不好，影响身体健康。"

他抽烟，酗酒，赌博，有时还会与一些不三不四的女人传出绯闻，他的这些习惯，不仅对他自己不好，也对生活在他身边的人有影响。但是，她的劝说，对他而言，不及耳边的风。

她原也生过气，但是实在改变不了他，有什么办法。

家里到处都是他扔的烟头，烟灰撒得四处都是。她默默地捡拾，然后细细地打扫，把一个乱七八糟的家收拾干净。

他喝醉酒时，不仅发酒疯，还会毫无风度地钻桌子，有人说他是装疯卖傻，她却相信他是真的醉了。醉了，口角有冒出的唾沫，鼻子有鼻涕，她不嫌弃，扶他。他那么沉，不是她能扶得起的，可是别人不愿插手。往往把他弄回去，她的身上比他还脏。

他曾经把他们计划做生意的钱赌得分文不剩。那是多年的积蓄，她一直期待用这笔钱去做一个好的项目，在她的争取努力下，有一个店铺的项目被她签下，可是，等她找这笔钱时，已被他输得精光。她哭，她怒，却没有办法对付他。

这些，都不是最可气的，她一心一意想发展经济，把生活过好，可是他却任意逍遥。那天，有警察打她电话，说他嫖娼被抓，她初听还不太想信，他不会坏到这样的程度吧？当她去警局看到他满不在乎的神情，她就什么都相信了。一个男人，如果还有羞耻之心，这时会无颜面对妻子的，可他，却一脸的无所谓。

这样的男人，给她的不是幸福，不是风光，也不是安全与依靠，有的是屈辱、悲伤、愤怒，最终是伤心与无奈。

所有的办法，都想过的，她与他谈过，与他签过协议，也有过亲友的规劝，都没有用。后来，她死心了，就当他是一件可有可无的东西，不再对他抱什么期望。

生活并不公平，为家辛辛苦苦打拼的她，却早早地患了重病，转眼之间，撒手人寰。

不过两个月，他就有了新欢。有人说是他的旧情人，有人说是他的新欢。这些都不重要，他对她没有爱是真的。

她多少年来期盼他能改邪归正，用心为这个家操持，却无法改变他。当她离开，他另有新欢，却把多年恶习一扫而空。他不再抽烟，更不敢酗酒，更别说赌博、嫖娼了。

说白了，他对她缺乏爱，若有爱，所有的不良习惯都可以改的。

如果，有坏的习惯，不愿意改，或者借口说，多年了，改不掉，这都是假的。他只是不够爱罢了！

爱一个人，要想清了。要么他愿意为你而改变，要么你接受他的坏习惯。否则，还是不要委屈自己，生活在一份阴霾里，不够爱的时候就不要去爱。

# 两种爱情

一家卫视的相亲节目，男女嘉宾相互讨论爱情，女嘉宾回答说：爱情有两种，一见钟情，日久生情。

细想，确是如此。

男女之间的爱情，要么是霎那间的闪电，在雷光电火中，产生了情愫；要么是漫漫时光，日久生情，喜欢与爱在一点一点地积累中萌生。

两种爱情，都有人喜欢。

一见钟情，令心灵颤栗，是许多人追求的。那一刻的记忆，足以令一生都有了光彩。茫茫尘世，本来平淡凡俗，却因有了双目相对，瞬间的凝视就有了永恒。影视中有许多经典的镜头，给了一见钟情。

日久生情，就需要漫长的叙述来展现，那些涓涓细流，不是山洪暴发，也不是波涛汹涌，是经久不息地滋润与濡沫，才有了情愫绽出嫩芽。郎骑竹马来，绕床弄青梅。那些慢慢度过的日子，都是记忆的积淀，都是情感的发酵。

世间有许多一见钟情，表现得很唯美，却经不起时间的检验，大多以悲剧收场。一见钟情，太在乎视觉享受，而忽略了其它隐藏的因素。爱情，不仅仅是喜欢一个人的外貌，还有这个人的综合素质，文化、心理、遗传、经历、家庭，乃至其朋友、职业等，丝丝缕缕的问题，看似毫不相关，最终都会引起情感的地震。

而一见钟情，只有两个人外貌的捕捉，与眼睛这扇窗户的窥视，这些远远不够承担爱情的重量。

日久生情，显然不及一见钟情在瞬间引起的荡气回肠过瘾，却因为有岁月历练的情感积累，显得更为扎实、安全。

在选择爱情的可靠程度上，多数人会选日久生情，这样的情感更为真实、稳妥。而年轻人，喜欢浪漫的人，则对一见钟情充满向往。

不过，每个人的爱情都只是个案，没有任何规律可寻。也许有的人一见钟情，却可以相依相偎牵手一生；有的人青梅竹马，半途仍会劳燕纷飞。所以，即便多数人不看好一见钟情，也只是概率的问题。

# 沦　陷

丽的朋友玲向她诉苦，老公对她不好，不但瞒着她在外面找情人，还帮助情人新开了公司，更为可恶的是，老公的脾气越来越坏。

丽听着玲的倾诉，有些不解，原来两个人的感情挺好的，为什么这么短的时间就出现了问题？难道一个人可以瞬间从好人变成恶人？

人的变化是一个渐进的过程。那么，玲就没有发现老公的变化？

玲说她也发现了，但是阻止不了他往更坏的方向发展。

一个人，为什么会变？仅仅是他受到了诱惑？可能玲也要从自己身上找原因。

但是玲对丽说，她不会离婚，她不愿意就这样把老公拱手让人。

后来，丽经常接到玲哭哭啼啼的电话，被老公打了。被老公气得晕过去了。躲在床上睡觉。

丽觉得玲的生活太凄惨了。就对玲说，能过就过，不能过就分手吧！何必这样跟自己过不去。

一听到别人劝分手，玲又来了劲。不，坚决不分手。

一份婚姻，本来是两个相爱的人一片温馨的小天地，后来，这里成了战场，两个人不断地作战，直至伤痕累累。既然如此，为什么不离开这块伤心地？

玲的决心比谁都大，可受苦受难的却是自己，别人代替不了她。

一只狗溺水，它要挣扎着游向岸边。

一只兔子陷入泥坑，它要挣扎着奔向安全的地方。

……

为什么一个人陷进了深坑，却不愿意寻找安全地带开始新的生活？

也许，那么多的痛苦，只要换了环境，就消逝无踪。那么，何必苦苦守着，要一直沦陷？

生命这么短暂，生活这么广阔，死死守着痛苦，只能怪自己。那无边无际的痛苦，也许，只需一个转身，就可抛在身后，倘苦不愿转身，那就自己痛苦去吧，不要烦别人。

# 裸　婚

他是位博士，在学术界是颗明星。然而，他的物质世界依然清贫，住在单位分的两居室里，骑一辆自行车上下班。

她是他大学的同窗，两人一直互有好感，这份感情经过多年的发酵，愈来愈浓，终于要修成正果。

当婚期提上日程，细细地想着需要的一切，他有些无奈。多年的求学生涯，一直拮据的生活，现在如何承担婚姻各种名目的繁重？

婚纱照、金项链，金戒指，金耳环，婚房的装修，外出旅行，哪一项都是他所承担不起的。

她说："我不需要那些俗世的繁华，有你爱我就够了！"

他的心一酸，普通人都能给予所爱的人这一切，他却给不了。他觉得有些亏欠她。

然而，她真的不在乎，她快乐地和他一起去领了结婚证，请了两家至亲一起聚餐，在热闹的祝福声中算是开始了两个人的新生活。

他们这是当下颇受人称颂的裸婚，抛却了俗世的物质，追求心灵的契合。

他们真的裸婚了吗？

如果他不是一位博士，只是一个普通人，甚至连工作都没有。没有未来，没有保障，没有现在，她还会义无反顾地嫁给他，不顾世俗的一切吗？

答案没有人能够给出。

即便他现在没有，将来他会有的。所以，现在裸婚了，可以期待不久的将来，便会拥有想要的一切。

有的人，既要现在即时的拥有，也要未来可以把握的财富。当二者不可兼得时，舍弃现在暂时的拥有，也可以接受，倘若未来也遥遥无期，还有谁敢下一生的赌注？

在物质世界里，人们索要的越来越多，穿的、住的、吃的、行的、玩的，不仅要丰富多彩，还要精致、高档，不怕背负的物质之累，只怕拥有的不够时尚、潮流。

当"裸"被以一种反叛的姿态呈现出来时，赢得部分人热烈的赞同，也受到部分人嘲笑。其实，现代的"裸"生活，就是逃出物欲包围的重重阻隔，追求心灵的解放。

为什么要追求生活的高档与精致，用不断地忙碌与劳累换取这一切，而放弃生命的本质与自然？有多少人真正愿意像梭罗一样去寻找宁静的一片瓦尔登湖，过安静悠闲的生活？

裸婚的本质意义是对生命的敬重，对尊严的维护。在一片繁华的物质世界里，能够平静地面对，不为所动，这才是裸婚的最高境界。

# 陌　路

　　她明知他有妻儿，但是她与他在一起时会感觉很快乐，所以也就这样纠缠着。

　　有时候，她会为自己从他那里索取到的快乐，有小小的感动。他善解人意，懂得她的心，对她格外关心。

　　他不断地给她买礼物，大多合她心意，连他买的衣服，都合身，颜色也令她愉悦。如果不是他有妻儿，能嫁这样一个男人，也是一件开心的事。

　　开始，她并不催他，她觉得只要到了时间，他一定会给她一个交待的。所以，她就这样默默地等待着。

　　那次，她觉得好像怀孕了，去医院检查，医生笑着告诉她，"有喜了！"她一怔，这孩子，该不该留？

　　她告诉他，有了孩子。他似乎连考虑都没有，要她做掉。如果他能婉转一些，或者给她一个解释，她也会感到欣慰。可是，他就是如此冷漠地给了一个不能商量的答案。

　　她为此觉得委屈而伤心。后来，他哄她，答应带她出去旅游。去丽江，去凤凰，在安静的古城，她安静不下来，终究摆不脱那个离开的生命。

　　他说，给他时间，孩子以后还有机会要。

　　她觉得他此刻也许是真的对她好，放下一身公务，独自陪她来遥远的南方小城。受伤害的心，有了一丝安慰。

　　每当她想到未来时，恐惧就会笼罩着她。而他的微笑与关怀，又让她舍不得放弃。这个男人，给了她温暖的怀抱，她在期待一个长久的未来。

　　他不断地向她承诺，很快，很快就会有结果。

　　那天，她去超市闲逛，猛一抬头，发现他的身影，那么熟悉。她悄悄地走过去，顽皮地拍了一下他的肩，他一回头，发现她，不是习惯的微笑，绷紧的脸没有笑意，"你认错人了！"此刻，她才发现他身边站着一个女人，正诧异地望着他们。也许，这就是他妻子吧？

　　原来，她从不曾与他行走在一条路上，在婚姻的路上，是他与他的妻子。而她，只是走在另一条不为人知的幽暗小径上，说不准何时就会没有了！

　　她似乎在忽然间明白，她与他从不是同路人，就如他冷酷陌生的面孔。她删掉他的联系方式，换了电话，开始另一场人生。

　　也许，这才是她的开始。日出、日落，都是新的，属于她的。那么，她就会有希望，不需要遥远的漫无边际的等待。懂得在适当的时候放弃，就是给自己一条出路，未来从不曾需要别人赏赐。

# 某一天

某一天，他忽然觉得烦躁不安，内心再也无法平静。

他驱车去海边，路程大约30公里，20分钟就到了。他喜欢大海，蔚蓝、辽阔，可以任思绪飘散到遥远的地方。在大海边，可以让烦恼的人忘却尘世的一切。

如往常一样，大海翻卷着细小的波浪，层层的浪花追逐着赶向岸边，海鸥翩翩飞舞，与浪花共翩跹。

海岸边的游人不多，三三两两地散着步。一个女子，长发，长裙，赤着脚行走在海岸边的沙滩上，任卷起的浪花不停地亲吻着脚丫。

他愣住了，多么美！

她行走的姿态，回眸的眼神，举手间的轻柔，微风吹拂下飘逸的长发，甚至挽起的衣袖，都有一种别致的风韵。

他是来看海的，想让辽阔的大海驱走内心的烦躁不安。当他把目光锁定这个美丽的女子时，就忘了大海。

他明白，她就像海面上飞翔的海鸥，一会儿就会消失在茫茫海面，再也找不到。而海，可以再次来观赏。

她离他的视线越来越远，渐渐地，成了尽头的一个挪动的影子。

许多时候，某个人，从身边擦肩而过，明明是真实的，她的气息，她的脚步，她的发香，都可以触摸与嗅到，可是，这一切过去之后，就成了记忆里的片断，连自己也不太相信是真实的际遇。

在陌生的环境，一切都是陌生的，连借口也找不到，只能眼睁睁地看着她消失在视线的尽头。

某一天，与一个女子同坐一列车，她的一颦一笑，一举手一投足，都牵动了一颗心。可是，车到站，各自散。

某一天，在街头的一处拐角，不经意的一瞥，她的身影映入了眼帘，一双大眼睛泛着光，烙在别人的心头。

某一天，在游人如织的景点，她出去，他进来，那一时那一刻，他们相遇，注目，凝视，匆匆，太匆匆。

某一天……

是的，某一天，总会有一个人触动另一颗心灵，泛起丝丝涟漪，却没有机会得到更多的信息与机缘。

某一天，成了生命中的一个点，或者尘世里的一处风景。

某一天，只会是某一天。如果，当某一天被续写，被挖掘，某一天就会有传奇诞生。

# 那些美好，都已成为过去

　　她决定离开他。在这之前，她尝试过多些宽容，换个角度理解他的行为，却一直无法说服自己的内心。

　　两人牵手已有5年，期间的点点滴滴，有美好，有伤痛，有无奈，有忧伤。从最初的甜蜜、恩爱，慢慢地变成淡然与冷漠，直至他一再地背叛与伤害，她每每想起，心头就会隐隐作痛。

　　曾经，孩子的到来，也唤醒了他沉寂的心灵，一度缓和过两人之间的关系，可是，他的许多习惯在时间的河流里一再地反复出现，令她觉得无比疲倦。

　　他们相爱时，她不顾家人及亲友的反对，执意要与他在一起。那时候，她觉得，只要有他在身边，就有了整个世界。他对她好，事事关心她，聆听她内心的想法。

　　他们起初租住在一间小小的房子里，却恩爱异常。她细心地装点房间，悬挂一串风铃，每有风吹，叮叮当当，清脆悦耳。一盆水仙花，开出几种颜色，让小小的房间绽放出无限生机。

　　她夜班，他会风雨无阻地接她。有一天，他去迟了，她一个人行走在那段空旷的路上，忽然有一个不良少年从巷子里冲过来挑逗她，先是言语，后是动作。她恐惧极了，然而，就在此刻，他犹如从天而降，像一个护花使者，把她揽入怀中。那个不良少年，并不善罢甘休，他挺身而出，与之博斗。最终不良少年落荒而逃，他也挂了彩。

不过，他在她心里，却像英雄。她细细地帮他擦去脸上的血迹，心疼地吻了他。

然而，事情并未了结，那个不良少年是当地一个小头目，他纠集了一帮人，四处寻找他，准备好好地修理他。她得知消息，与他东躲西藏。那段心慌的日子，竟然也成为她美好的回忆。

就在他们准备结婚时，她体检出有问题，他开始还瞒着她，后来，她隐隐知道了不好的消息，他宽慰她说："没啥的，如果真有问题，我可以换一个零件给你，这样，你中就有了我，再也逃不开了。"

本来是挺大的事，被他这么一说，内心就宽慰了，不再担忧。后来，复检时，原先的怀疑被推翻了，一场虚惊。但是，他那乐观而敢于承担的态度给她带来了安全感。

这些，经常被她一一地想起，就像曾经绽放的花，在他们牵手的过往里迎风招展。

他已有好久不再与她如此恩爱了。他像变了一个人，与她日渐淡漠，直至他出轨。

她也曾从自己身上找原因，是她哪里做的不好，还是失去了以往的关怀？她找不到原因，也得不到他的回复。她一次次谅解，他一次次出轨，终于，她不再欺骗自己。

也许，过往的美好，只是曾经的片段，过去了也就过去了，无法带到未来的生活中。不活在回忆里，敢于面对现实，纵使会有疼痛，也终会获得新生。

# 那只风筝

她牵着一只风筝，放出去的线越来越长，风筝也越飞越高。她高兴得发出尖叫，风筝飞得多高啊！

他仰起脸，却望向一只飞翔的小鸟。那只小鸟欢快地抖动翅膀，虽然暂时飞得没有风筝高，可是只要它愿意，翅膀抖动几下，就可以超过风筝。

她得意地看着手中的风筝，他却不以为然。其实，他更愿意是那只飞翔的小鸟，自由地翱翔在蓝天白云间，随意而飞。可惜，却不能，他只能是她手里的那只风筝，要听她的话，要被她牵着。

他来自农村，在风雨里踩出路来，她是城里富贵人家的千金，沐浴在宠爱中。当初与她相爱，是多少人羡慕的，他也觉得从此可以有了依靠。

她对他好，他是知道的，若不是她的执意，她的家人不会同意他们相爱的。

他没有经历别人的艰辛奋斗，也不曾四处奔波求职，一切便都轻松有了，那是因为她，因为她家人的帮助。

这些，就像一根线，被她紧紧地攥在手里，他明白，现在拥有的一切，若她不高兴，可以全部收回，他连反抗的机会都没有。

他有才华，也有想法，更有奋斗的勇气，她的家族待他不薄，短短的时间，就把集团下面一个大的企业交给他打理。他没有辜负期望，企业的业绩逐年上升，效益明显。

他是爱她的，若不爱，当初就不会意无反顾地与她走到一起，也不会顶着巨大压力来到她的家族企业就业。然而，他越来越觉得压抑，越来越觉得内心积压的痛苦难以释放。

许多时候，他的决策，需要得到她的认可才可以施行，这样，她就成了他的上司，然而她在企业里根本就不上班。

有时候，他会独自一人到郊外散步，看看蓝天白云，看看天空飞翔的小鸟。可是，他还要回到城里，回到她的身边，那里有温馨的小巢，妻、子，他们是家，也是爱的牵扯。

一只风筝羡慕小鸟的自由，若真成了自由的小鸟，或许又会像一只风筝一样，渴望被爱的线牵扯着。那些南来北往的人，那些节日里匆匆返家的人，他们被情感的线牵着，即便劳累、拥挤、疲倦，也要奔向亲人在的地方。

远方的游子，其实也是一只风筝，被一根看不见的线牵着，不论走到哪儿，都会把家放在心里。

第二辑

最　美

# 你掉了一样东西

同学聚会，是她发起的。她如今是一家大型地产公司的副总，人际交往广，社会影响力大，同学们对她也印象颇佳，大家遇事找她，只要能做的，她都会应下帮忙。她在众人的口中，是菩萨，是福星，是一班同学的灵魂。

一班56个同学，来了55个。一大群人，喧闹得像进了泳池，笑声一直飘荡在房间上空。

同学在一起，开心，欢笑。大家开怀畅饮，不断地回忆旧日同窗情谊。一件件被岁月淘洗的往事，像是从旧衣柜里被掏了出来，晾在大伙面前。某人暗恋，一直不敢表白，却天天在女生宿舍前徘徊，天冷天热，都无法阻止。这会是谁呢？

大伙儿的目光慢慢地从众人面孔上扫过，一定会从面部发现蛛丝马迹，当事人，自然躲不过这样目光的扒剥，脸红了。被暗恋的对象，也让人发掘出来，才明白，青葱岁月里，还有如此美好的往事。

也有人尽皆知的恋情，就会被起哄谈谈当初不被人知的往事。他们的回忆，有多少是真的，有多少是现场虚构的？唯有当事人自己明白，不过，回忆足以令人笑声不断，也起到了哄托气氛的作用。

但是，她与林的故事，同学都知道，却不太好拿到这个场合凑热闹。她现在的身份地位，是令人仰视的，众人讲话，有所顾忌。更重要的是，林现在病重，躺在医院里，家庭难以支撑后续医治费用。

班长在聚会高潮时分，端起杯对她说："敬你一杯酒，再与你商量件事。"

她爽快地说："有事就说，我能做到的绝不推托。"

班长自然懂得拿捏分寸，"喝完酒再说！"

他们一饮而尽。

放下杯，班长缓缓地说："我们班56个同学……"未等班长说完，她便明白了班长的意思，接着话说："我们今天喝酒，聚会，别的以后再谈。"

班长毕竟是班长，他明白此刻是最佳说话的机会。"林的病拖不起了，大伙儿也帮着想了许多办法，可是能够力挽狂澜的，非你不可。"

全场热度瞬间降了下去。她脸一沉，转身离开。

众人不是不懂，她当初死死地追林，而林却无动于衷。如果仅是拒绝了她，也不至于伤她如此之痛，林最后娶的竟是校里一个与她素来不和的女子。

等了一会儿，她回转到酒场，班长再次对她说："无论怎样，林都是我们班上的一位同学，不能这样弃之不顾。"

她竟然发飙，"谁愿意管谁管去，找我干什么！"

聚会最后不欢而散。

同学们仍然力所能及地凑了份子，给住院的林送去。那天，大家特意告诉林，"同学们都记着你呢！你要好好地治病，这份心意是55个同学带给你的。"

即便她不愿意出手，同学们也不愿在林的面前落下她。不过，大家再与她相遇，没有了以前的亲密无间，总觉得她掉了一样东西。

# 你还小吗？

她与他相识的时候，小他8岁。在他的面前，她就是孩子，撒娇、卖乖，他不嫌烦，还挺享受她的这个样子。

女人大多喜欢男人宠爱，那种被呵护的感觉，既有爱情的，又有亲情的，混搭的情感满足了女人的情感需求。

他对她的刁蛮，并不排斥，像一个父亲，忍受女儿的刁钻古怪。她会坐在他腿上，搂着他的脖子吻他，也会倚在他的怀里索取他的温暖。她很享受这种温馨的情感，比爱情多，比亲情浓。

任何爱人，走进婚姻，都差不多，衣食住行，生儿育女，柴米油盐。别人要走的路，他们也要走。平实而普通，缺少了浪漫。

她似乎还是一个孩子，就算有了小小的女儿，看到孩子哇哇地哭，她不知所措，他就会帮助喂奶，换尿布，而她却只是帮他一下。这些，是她应该做的，他偶尔为之，可以，长久地去做，似乎难为了他。一个孩子的成长，不是一朝一夕的事。每天的吃喝拉撒，需要细心地照料。

她还没有从一个被人照顾的角色转换过来，依然渴求爱情滋润，亲情的宠爱。她把他当成了全能的男人了！

这时，他不再像以前那样细心关照她，多了埋怨，也显出了冷淡。孩子在啼哭，她也在抽泣，为什么他变了？变得没有以前那样关爱她。

争执、吵闹，甚至有肢体的冲突，伴随着孩子的成长，这样的时光日多。

对他，她有时失望，有时又不禁喜爱。每当他疲倦不堪，不理她，或者不再那样关爱她，就心有埋怨。可是，当他向她低头，重又露出父亲般地疼爱时，她又忘了种种不快，内心有无限欢喜。

她始终不明白，他为什么那样多变，不能始终如一地疼爱她。

他是男人，他要在外面应酬、劳作，回到家里还要照料孩子，当她过分地索取时，他不会再有恋爱时的那份细腻关爱，任何情感都经不住岁月打磨。

久了，他实在累了、倦了，连解释都感到多余，居然向她提出了分手。她无论如何也想不到，他们的情感会有今天的结果。

曾有多少人羡慕他们，曾有多少人嫉妒他们，此刻却变得如此不堪。

她哭得泪水滂沱，为什么？她找不到原因。是她的选择错了，是她遇人不淑？

她苦苦求问，他无动于衷。

他42岁，她34岁。依然是大她8岁。可是，她早已不是当初的小女孩了。

纵使男人可以承担更多，纵使他大她8岁，她也需要在岁月的变迁中学会慢慢地负担起更多的责任。不是他大8岁，就该一直是一个父亲一样的丈夫。

# 无法删除

　　她爱玩、爱疯，一点都不像淑女。一点不高兴，就会借酒浇愁，喝得酩酊大醉。

　　她做的出格事太多，可她一点都不在乎。面对父母的规劝，她置之不理。

　　有一次，她在酒吧喝醉了酒，几个不明身份的男子靠近她，欲带她离开，她握起空酒瓶，砸在其中一个男人的头上，立刻血流如注。那次，她被关押了几天。

　　直到有一天，她遇到一个喜欢的男孩，他对她也有好感。然而，男孩的父母耳闻她的许多劣迹，非常坚决地拒绝男孩与她交往。

　　她是真的爱了，为了男孩，痛改前非。

　　男孩也与她私下偷偷地交往。

　　曾经置父母的良言不顾的她，如今细细回想父母的话语，都如佳酿，醇香扑鼻。

　　男孩看到她为自己而有了这么多变化，内心的情感愈来愈旺，自然期望能修成正果。可惜，她的那些过去，却无法删除，男孩的父母无法接纳。

　　他们爱着。痛苦着。期盼着。向往着。

　　再遥远的距离，都会有到达的一天，尤其是现在的科技发达。可是，当心灵紧锁，拒绝一个人时，却没有丝毫办法抵达。

　　她为自己的过去哭泣。不懂事，无所惧，敢把青春拿来祭祀。

　　最终他们走到了一起。她以为，只要走到了一起，一切都可以慢慢淡去。却不曾料到，公婆根本不理她，他们只是爱儿子，无奈中作出让步。

　　一天天，一月月，一年年，她要付出多少忍让与泪水，才可以洗刷过去的无知之错啊。

　　如果按下Delete键，就能删除一切，那该多好啊！然而，人生不是一部机器，所有的痕迹，都会在生命中烙下印记，并被与之相关的人铭记。

# 下雨了

　　她来到咖啡馆时，他已经和介绍人坐在那儿聊天。

　　她瞥了他一眼，原本被介绍人撩起的热情，瞬间跌落了。他长得太普通了，站在人群里，根本找不到任何不同之处。

　　但是她还是不得不坐下来，礼节让她不能转身离开。介绍人客气了一会儿，给他们两人简单牵上线，就找个借口走开了。

　　没喝完一杯咖啡，她就有了走的打算。失落、失望、失魄……窗外，却下起了雨，玻璃上落满了斜斜洒下的雨水。

　　她轻声说了句，"下雨了！"

　　他扭头一看，答道，"是啊，下雨了，刚才还是好好的天气。"

　　雨水很大，也就不急着离开了，他们有一句没一句地聊着。

　　其实，他的话还是蛮有趣味的，她听着，像是发现了隐藏的角落里有一朵朵瘦小的花，散发出淡淡的幽香。不细察看，是发现不了的。

　　他是话题的掌控者，牵着她的思绪。略显黯淡的肤色，深遂的眼神，慢慢吐出的话语，如一条缓慢流淌的小溪，清澈、流畅，感染着她。

　　他平淡的外表下，藏着丰富的学识。天文、地理、文学、经济，居然样样精通。她原本不是外貌协会的，只是第一眼看到他实在是太普通了。然而，雨让她与他有一段时间对话，听听他更多的独到观点。

　　雨在外面下着，他们在咖啡厅里聊着。雨水不再是阻拦她外出的恶劣行径，却给了她一个发现奇妙内心的洞口。

开始，只是聆听，渐渐地，有了会心地微笑。雨水不紧不慢地下着，他们意犹未尽地聊着，天色慢慢地黑了下来。一个愉快的午后，就这样在聊天中度过。

分手时，她主动留下了电话，期待他的再次邀约。

雨水落得真是时候，不早不迟，就在那一刻飘落了。如果迟些，她也许就离开了，从此，他们不再有机会联系。

后来，他们随着了解的逐步深入，好感与爱慕越来越多，自然地牵手进了围城。

下雨了，他大概还听不明白，她的心里却有异样的感受。这场雨，真是及时雨。

人生中有许多机会，都是有缘相见，却无缘发现，只因没有一场雨的飘落，来不及等待一场雨的结束，早早地擦肩而过，错过了美好的人生际遇。

若不是一场雨，她会在哪里呢？是在继续寻找一个可意的良人，还是至今孑然一身？

下雨了，真好！那一刻，她在内心默默地感谢那一场雨。

# 相　知

　　他们走在大街上，炎热的夏天，闷热的空气，非常吻合她此刻的心情。她不知道是否应与他走下去。

　　在这个城市一年多了，他们都只是生活在这里辛苦打工的青年人。她与他相识快一年了，却一直找不到与他牵手的理由。就像这闷热的天气，找不到一个宣泄的出口。

　　经过一处又一处繁华，他们依然漫无目的地闲逛。许多休闲的去处，足以诱惑年轻人沉浸其中，不过，那需要花费他们难以承受的金钱。

　　前方，一辆卖西瓜的三轮车旁，两位老人正在向路人哭诉，原来，他们收到了一张百元假币。看着白发苍苍的老妇人，泪水夺眶而出的样子，她真的很心痛。在这个炎热的天气里，他们不曾想，如此辛劳却换回了假币。

　　老汉把手里的假币给多位路人辨别后，撕碎，揉成一团扔进了下水道。看到艰辛的老人，许多路人纷纷前去购买西瓜。也许，途中拎着西瓜不方便，可这也是一种帮助的方式。

　　她也想帮助老人，看到他们的目光，就想到自己在乡下的父母，一样的辛劳，以及相同的期盼。她走上前去，拣了几个大西瓜，称好，付账，22元钱，他掏出一张50元的票子，递给老人。"不用找了。"他忽然说。

　　她的心一颤。他就像那些出手阔绰的人，随手给了别人一张大票。而他不是，他经济也很拮据，他从不舍得乱花钱。他给老人钱，是他的善举，也许，他更多地是怜悯老人。

　　不知为什么，她提着手里硕大的西瓜，一点也不觉累，几次，他都要帮她，都被她婉拒了。

　　他不是自私，也不是冷漠，在某个关键时刻，他一定会显示出男人的本色。

　　她决定告诉他，她要和他牵手走这一生。

　　能打动人心的，不是戒指，也不是项链，更不是名车豪宅，也许只要一个真诚的举动，一句温暖人心的话语。

# 因为懂得，所以拒绝

　　他疯狂地爱上她，不停地向她示爱。她一直婉拒，开始，他以为她害羞，以更浪漫的方式表达爱意，却始终不能打动她的心。

　　他愈战愈勇，希望用自己的真诚与执着打动她。却不曾料到，她一次比一次更直接地拒绝他。他弄不明白这个女孩的心，为什么会拒他于千里之外？他是很多女孩心仪的对象，相貌堂堂，学识渊博，经济阔绰，待人接物也张弛有度，为什么她偏偏会无动于衷呢？

　　正面进攻难以取得成效，就转为迂回战术，他托朋友在她面前说好话，收买她的身边密友，却找不到任何裂缝可钻，也没有收获一丝有效信息。

　　她就是一个普通女孩，让人不明白他为什么非要死死地追求她。

　　她的朋友劝，"他多好啊！那么优秀，那么富裕，对你又是真心实意的。为什么还要拒绝呢？"

　　她的父母说："放着这么好的男孩不要，还想去找什么样的人才满意？"

　　她默默地摇头，却不解释。

　　也许，真的是没有缘份吧？爱情这东西，是需要缘份的。人们只能这样解释他们之间的纠葛。

　　后来，她有了相爱的人，很普通的一个男孩子。她与他手牵着手，满脸的笑意，那份快乐是从心里流淌出来的。

　　只是，男友普通，收入不多，结婚连房子都买不起，只能租房住。这都无法掩饰她的开心。

父母叹息，是她的命吧！既然她选择了，就让她自己走下去吧！

没有人懂得，她为什么会这样选择。

她不愿说。

爱情是什么呢？

是华丽的外饰，是尊贵的地位，是大把的钞票，是豪车出入，还是心的愉悦，生活的舒适呢？

爱情不是买一件物品，性能优越，质量上乘，功能齐全，外观美丽，经久耐用。绝对不是的，爱情不是这样的挑一件物品，而大众却用这样的标准，来把爱情衡量，压抑一颗心的渴望。

他好，他优秀，他富有，他是人中龙，可他不是她的渴望，她对他没有萌动的心跳。她为什么非要去选择他？仅仅因为他出类拔萃？

爱情固然不是一枝孤立的花朵，需要生长的条件，可是能满足的方式很多，为什么隐藏了一朵花的绽放，而去追逐那些无关紧要的优秀、富足与美好？

她知道自己想要什么，所以会坚持自己的渴望。她知道自己的幸福，只有自己才能体会，所以她敢于拒绝不适合自己的优秀男人。

# 有些爱，需要看得见

他是一名远洋船员，更多的时间是在海洋漂泊，留给她的时间很少。他便格外珍惜与她在一起的日子，把那些时光当成节日一样度过。

他的收入不菲，家里该有的东西都有了。他们之间是浪漫的，他用世界各地搜集的五颜六色海螺，串成一挂项链，每一只海螺都标有当地的名字。他每到一处，就会去留下一个邮戳，然后在边上写下他对她的思念。邮戳上的字迹各种各样，就像联合国总部，每一种语言都有属于自己的位置。

她也曾被深深地感动过，这是多么浪漫的创意啊！放在电影、电视里，一定会感人至深的。可是，当她26岁的生日，他们结婚后第一个生日，他却在异国他乡，点起的蜡烛，生日蛋糕，只因她一个人在孤独地品尝，就没有了滋味。或许，再好的条件，再多的浪漫，仍然敌不过相依相聚的欢乐。

在关键时刻，最爱的那个人陪在身边，比什么都重要。

他76岁，她68岁。一对老夫妻了，银丝如雪。

他们住在两室一厅的小房子里，退休工资不高，常常要算计一下再购物，有些贵的东西不敢买。为了购一份便宜的促销鸡蛋，她会排队站上一个多小时。

他一直希望有自己独立的书房，却一辈子也未能实现，成堆的书叠放在床头，地上。人活得委屈些，没事，书被委屈了，他心疼。一辈子，他不过问经济上的事，领了薪水，就交给她。除了买书，他很少买别的东西。

那天，他买了一束玫瑰。坐在公交车上，许多青年人问他，"爷爷，你买花送给谁呢？"

他说："送给媳妇，一辈子没有想起送花，忽然觉得有些对不住她。"一车人对他鼓起了掌。

回家，上楼。他把那束玫瑰送给她，她的脸上忽然泛起了红晕，皱纹都平整了许多。

她没有过问他买这束玫瑰花了多少钱，也忘记了常常的节俭。这天是他们结婚40周年，这样的日子，他能记着，就是最好的爱了。

一束花，就是爱的表达，比任何动听的语言更有味。


她是一名作家，出版的图书本本畅销。

她不大喜欢抛头露脸，是书房型作家。

她只知道她的书首印了30万册，两个月不到，又加印了。这些，都是数字。数字里，有她辛勤写作的回报，有她对文字的痴迷与挚爱。

一次，出版社鼓动她签名售书，她原本不肯，但经不住营销人员的善意劝说，就去了。现在，烈日当空，如同火焰燃烧，她坐在书店厅堂，看到排队的读者望不到头，内心有无限感动。

每本书20元，仅是20元而已，她收到的版税，动辄百万。她明白，再多的钱，也是像这样充满了爱的读者一点点累积出来的。他们忍受着烈日煎熬，只为她的一本书。

一个读者在等她签名时，脸上的汗水"叭"地滴了下来，落在书的扉页上，她掏出纸巾，递给那个读者，亦如自己的亲人。


许多许多爱，被藏在生活层层叠叠的皱纹里，很难一一真切地感受到，可是，当面临时，会那么细腻地展现出来，触动柔软的心灵。有些爱，需要亲自看见，才会体会。

# 紫色葡萄

　　她家的院子里，有一大架葡萄，每到夏季，遮天蔽日，一大串一大串的葡萄挂满了架子。她就会偷偷地带出来，给他尝，看他大口地吞咽，她就开心地问："好吃吗？"

　　他说："好吃，好吃！"

　　她母亲是不让她乱摘葡萄的，可是看管不住她。

　　他们从小一起玩，她母亲就是不让，可是她喜欢偷偷地跑出来与他待在一起。他是穷人家的孩子，可是他会保护她，不让别人欺负她。他为了她，敢于和比他大许多的孩子打架，也敢爬上高高的树上摘桑葚给她吃。

　　他想和她一起出来玩，就会从她家的院边丢一颗石子，她母亲惊问，"谁？"她则一猫腰，跑了出去，和他手牵手溜走了。

　　葡萄旺盛地疯长，很快爬上院墙，枝枝蔓蔓四处延伸，到来年院墙上就开满了花朵，谢了，有青色的葡萄密密地长出。

　　来不及等葡萄长熟，他和一群小伙伴就想法尝鲜了。她母亲总是想方设法看管，不让他们乱摘。然而，他有的是计谋，36计，每一招都能让她母亲抓狂。

　　调虎离山。他让小伙伴晃动葡萄，她母亲追出，只是一个身影，追，他则稳稳地依在墙边摘葡萄，连摘带吃。酸，边吃边吐。待她母亲回来，他一转身，没了影踪。

兵不厌诈。"有人摘葡萄了！"尾音拖得长长的。其实只有他一个人，没人配合，自己和自己配合。她母亲果然上当，出了院子察看，他则溜进院子，摘上几串葡萄瞬间溜走。

以逸待劳。

声东击西。

瞒天过海。

顺手牵羊。

不论怎么严加看管，他总能顺利摘到葡萄。

她母亲实在管不住，那些爬出院墙的葡萄越来越长，基本上已不在她的控制范围。

算了算了，要吃就吃去吧。

当她母亲不再高压严管，他反而变得彬彬有礼，不用任何计谋了。

那时，他考上了军校，她也收到上海一所名校的录取通知书。他俩就像爬出院墙的葡萄，再也没有人能看管他们了。

他们认认真真地谈起了恋爱。从来没有这样从容过，这是多么美好的时光啊！没有人窥视，没有人看管，没有人逼问，只要喜欢，可以放肆地相爱。一串串又大又甜的紫色葡萄，轻轻地送进口，细细地品。他想象着她给他带出来的那些葡萄，比他用尽计谋采摘的都好吃。

后来，他们顺理成章地走进了围城，相亲相爱，生儿育女。

在她家院子里，母亲已略显苍老，满心欢喜地说："想不到你们可以这样好。"她一直担心他这个坏小子，欺负她女儿，不愿给他们更多机会，紧紧地看管着，却怎么也看不住。这就像长出院墙的葡萄，怎么着别人都能采摘。

也许，让自然生长的葡萄，自然地成熟，也是一种爱吧！看到女儿女婿恩爱有加的模样，做母亲的也格外愉悦。

最好的爱，是看着他们慢慢长大，然后祝福他们。所有的路是他们自己选择的，别人代替不了。紫色葡萄父母心。

# 最　美

台上，正在演讲的她，不时地扬起头，长发随风舞蹈，她的眼神里充满了激情。她的演讲，精彩绝伦。听众不时爆发出阵阵掌声。

她在为一位患儿进行募捐演讲，她期待用自己的方式，引起人们对贫困儿童的关心与帮助。

一元钱是爱心，十元钱是爱心，一百、一千也是爱心，爱心是没有大小之分的。就像她，站在台上，已经进行了三个多小时的演讲，就是为了能够帮助一个素不相识的儿童。

她与同学们都没有想到，一个上午，他们就已募捐到三千多元。虽然不够孩子的住院费用，但是力所能及地帮助了他。

也许，这些事本来与他们关系不大，但是他们愿意尽自己的所能去做，即便不能独挡一面，却也是做出他们的贡献。

她在台上演讲的画面，就是一幅美丽的风景。

她是学校里的校花，同学们面对她表情各异，羡慕嫉妒恨，五味俱全。

一个男生，阴阳怪气地给她起了个绰号，不时地在她面前飘过。她淡然一笑，不为所动。

那天，在校门口不远，那个给她起绰号的男同学，被一辆疾驶的轿车撞倒，她丝毫没有犹豫，拦下那辆车，接着拨打了120救护车。在等待的过程中，她不断地安慰他。看到她有条不紊的样子，他也得到了安慰。

校花，不仅是长得美，成绩好，更重要的是，她对别人的过错从不计较，对需要帮助的人从不冷漠。

她从小就怕打针。生病，她宁愿吃药，再苦，也不会皱眉头。

那天，一位同学需要输液，O型血，她知道自己的血型，于是排在队伍的前面，把袖子挽得高高的，为了快一点抽血。粗粗的针管插进她的静脉，她竟然不慌张，还能与人边说边笑。

她哪里怕痛，分明是女中英豪啊！

不，她确实是怕痛的。当比痛更为激烈的需要来临时，痛就会退步了。

美，并不是刻意的打扮，不是浓妆艳抹，不是华衣靓服，美是一种气度，一种力量，一种奉献，一种爱心，一种智慧与自信。

# 爱的公约数

　　朋友大林相貌英俊，才华出众，深得单位众多单身美女青睐，没多久，就和小玲出双入对，向众人暗示了他们非同寻常的关系，这一招是小玲想出来的，那意思再明显不过，别人不要再存非份之想了，大林是我的人了。

　　要说这小玲也非同凡响，除了相貌出众，才思敏捷外，还有独挡一面之勇气与魄力，遇事果断而有洞察力，深得领导赏识，她与大林的缘份，多半出自她勇敢拍板决定的。大林好像在恋爱方面有些迟钝，对那些绣球暗抛、芳心默许的美女无动于衷，面对小玲的主动出击，他只有招架之功，最后只好束手就擒。

　　后来，脾气耿直的大林因不擅于钻营官场的许多潜规则，与领导间的磨擦日益见多，遂萌生退意，与小玲商谈，得到她的大力支持。初入商海，机智的小玲为大林出谋划策提供了不少有益的意见与建议，在大林资金吃紧时，出面协调过多次，找银行借贷，通过朋友筹资，让大林把更多的精力用在公司的运转上，没用多久，大林的公司进入良性循环轨道。

　　大林整天奔波在自己的公司事务中，小玲依然忙于自己的工作，两人沿着各自的轨道运转。随着公司日益扩大，事务渐多，大林多次提议让小玲辞职到自己公司任职，工作既轻松，又令大林放心。可是小玲向大林解释说："自己很喜欢目前的工作，对大林的公司不太感兴趣。"刚开始大林说过就算了，随着公司日益壮大，此类话题说得就频繁起来，每次小玲都以同样的理由推脱了。

那天，大林从外面应酬回来，醉意朦胧中又向小玲提出让她辞职的话，小玲还没有解释完，大林就发了脾气。说实话，小玲也很想帮助大林，可是让她辞掉目前的工作去大林公司做事又颇感为难。当初劝大林辞职，是因为大林的个性很难在单位里有所发展，辞职自己干更符合大林的情况，小玲对他的事业好坏并不计较，可是随着时间推移，大林公司规模迅速扩大，大林需要小玲的帮助，他一个人支撑这个公司已让他渐感力不从心，而公司的核心事务交给别人又觉得不太放心。

面对这样的情况，小玲感到从未有过的惘然，从内心讲，她希望大林活得开心，事业顺心遂意，可是她更喜欢目前的工作，她喜欢工作中体验到的点点成功与快乐，而不是大林的唯资本论，在小玲的内心，获得报酬的多少并不是快乐的来源，这让他们之间出现了分歧。

后来，他们很坦承地向我吐露了烦恼，我没有更多的劝说，只是用笔划了两个圆，相交在一起，相交的部分写上了他们共同的优点，另外的部分写上他们各自的特点，聪明的他们很快明白了我的意思。夫妻两人就像两只相交的圆，因为有较多共同的理想、爱好、习惯等有机会走到一起，但两个圆永远也不会重叠在一起，它们既有相交的部分，同时也需要保留自己独立的空间，唯有如此，才是夫妻间相处的最佳状态。

之后，大林找到了一个信得过的得力助手，小玲还在干自己喜欢的那份工作。重要的是，他们因为懂得夫妻之间的最大公约数的道理，彼此更加珍惜对方的感情，双方的事业也蒸蒸日上。

# 爱的智慧

她是新进的员工，青春的光泽四溢，她的笑容更像是一朵花，在办公室里绽放。没有人能拒绝她的笑容，那么美，那么纯。更为可贵的是，她善于向别人学习，勤奋、努力，因此，做为主管的他，很是欣赏她。

他是不善于笑的，在公司里多年了，很少有人看过他笑。他总是平静地发布消息，布置任务，就像波澜不惊的大海，平静的海面下深藏着无穷的秘密，从他的脸上从来读不出答案，因此，他的话就像命令，说出口就必须执行。

可是，她来了，他居然变得会笑了，而且笑得那么自然，那么随和，这让所有员工都读出了不一样的内容。她就像一个不谙世事的娃娃，那么心无城府，她喜欢去他那儿，别人都说他冷漠，可是她从未感觉到。

他有才华，总会拿出别人想不到的方案；他从容不迫，遇事冷静、果断；他刚毅坚强，做什么事都不会为了自己的利益去顺从与周旋。她发现他很man，与他在一起，内心有一种小小的说不出的喜悦。

直到别人都发现了她的秘密，她内心里有他。人们在静静地等待，等待事情发展的结局。

那天，她在送文件的时候，在里面夹了两张电影票，当天晚上的，她特意暗示了他。他会看到那两张电影票的，他是那么聪明的人。

她内心忐忑不安，她不知道他会如何处理那两张电影票。不动声色地如期而至，还是无动于衷，冷了她的场？或者他根本就不理会她的暗示。

当她早早地来到电影院，内心彷徨不安时，他正在思考如何告诉她，却不伤害她。他果真如期而至，只是在电影开场后，就接了个电话，向她道声抱歉，走了。

她不知道他是怎么想的。

她不在乎他大她近20岁，她也不在乎他已是两个孩子的父亲。她只想他能接受她，爱她。

他想：女孩子真是可爱，就像个女儿。当年，他是多么渴望有个女儿，乖巧、可人，偏偏两个都是男孩。那天，她来报到，他一眼看到她，就有亲切感，像是上帝送来的女儿。他轻易不曾绽放的内心，因而有了笑意，疲倦因为她的到来一扫而空。

他该如何告诉她，他爱着自己的妻子，自己的家，一说出口或许就是伤害。他不想，却又想让她明白他的内心。

那天，他拨了妻子的电话，让她来公司一下。妻子一愣，有事吗？

多年了，她从不去他的公司，他也从未邀她去过。

他说："你来吧！我送你一个礼物。"

妻子想，"什么礼物呢？这么急。"

妻子来到公司，他特意挽着她的胳膊，在公司里来回地穿梭，在她面前，还停留了一下，她的心一下子被击中了，几乎晕倒。他却站在那里，对着众人说："今天是我和妻子相识20年纪念日，晚上请大伙儿去酒店欢聚。"妻子怔在那里，好像在回忆什么。

她瞬间明白，他不属于她，他心里只有他的妻子。不过，她很感激他的提醒，不动声色的婉拒中有父亲一样的关怀与疼爱。那晚，他和妻子还特意找她碰了一下杯，那杯酒，他和她都一饮而尽。从此，微笑里再没有暧昧。

# 爱情靶心

单位里新来一位女大学生菲，才貌俱佳。那天她来报到时，把我们办公室里已婚的未婚的众多男性目光全部吸引了过去，把原来几位自我感觉尚不错的女性气得牙根发痒。

在众人领略了菲的美艳之后，开始逐步感受到她逼人的才气。领导的讲话稿，原来在秘书大刘手里没有3遍以上的修改，甭想通过老总的验收。如今菲出马，居然水到渠成，一字不易地通过。初始，众人以为领导受菲的美色诱惑，即使有需要修改的地方，领导也自己做了。可是当领导在台上流畅地读出那些颇具鼓动性、充满感染力的讲话稿后，所有的猜疑倾刻间烟消云散。

让办公室所有人感到诧异的是菲的打字速度居然远远超过专业做录入工作的打字员，而且很少出错。自从菲进入办公室后，各个都轻松了许多，因为原来的繁重的工作早已在菲的嫣然一笑间灰飞烟灭。原本沉闷的办公室生活也因有了菲的身影，开始变得生机盎然。小伙子同菲东拉西扯地娱乐八卦一起上，中间有试探，有偷窥，也有敬佩，但小伙子与菲聊得越多越不敢轻易下手。那朵艳丽的花那么高洁地绽放着，想去采摘也要有本事养出花原来的艳丽色彩来啊！

中年老男人就感概时光竟是如此捉弄人，要是晚生十多年，也会有机会亲近令人心灵摇曳的美女啊！可是随着了解的深入，老男人们都对这位可爱、迷人的尤物由艳羡变成疼爱，他们就会在心中想，要是自己有这样一位可人的女儿该多好啊！既懂事，又贴心，还会耍一点小小心计，善于看透别人心中的隐忧，喜欢帮助别人。

就连原来那些爱吃醋的办公室女性，也渐渐地喜欢起菲来。她们感概地叹息，这真是上帝制造出来的标准职场女性啊！从内而外，都是那样地完美无缺。倘若对她生点嫉妒都是对美的玷污。

许多优秀的年轻男子都想一试身手，在菲面前表现一下自己，以期吸引她的注意，或许可以借机扩大战果，摘到这朵迷人鲜花。可是，无论写作、电脑、软件、驾车、摄影、音乐等，都无法在菲面前出彩，鲜艳的似乎只有她一个人，这让许多青年男子不得不叹息着识趣而退。

可是，当单位里有"活地图"之称的阿伍不动声响地宣布了要与菲结婚的消息时，格外地震动了大家。想不到如此出众的菲竟选中了貌不惊人的阿伍。原来，菲有旅游的爱好，可是她一到外地就会分不清东西南北，而阿伍那准确的方向感，恰到好处地击中了菲的爱情靶心。爱就像一把锁，只有对它心底秘密最了解的那把钥匙才是命中目标的唯一。

# 爱情抽屉

有一天，陪妻一起看影集里的相片，妻翻到一张相片，指着相片问我，"这是谁啊？"我仔细一看，原来是我大学时的同窗兼初恋情人。那是我们在即将毕业时的合影留念，当时我们的关系已是非同一般，自然就亲密无间了。可是见妻的问话，我稍稍愣了一下，随即答道，"噢，是我文友。"妻没再问，从妻子的眼神里，我读懂了妻子的疑惑。

过了一段时间后，我悄悄地从影集里抽出那张相片收进了电脑桌的抽屉里。以妻的聪明，她不会不懂真相，可我就是不想把真相告诉她，很多时候，明知的事情还是希望最爱的人不要让真相击伤自己。说真的，对相片上的那位，当时我是倾心相爱，可惜她后来与我分配两地，就劳燕分飞了。在很长的一段时间里，我不能从那份感情的沼泽里走出来，直到遇到了现在的妻。

我心中隐隐约约的担心并未到来，妻一如继往地与我牵手行走于婚姻的旅途。我不禁佩服起妻的豁达与大度，那种与子偕老的感觉浓浓地涌上心头。

有一回，妻出差外地，正好路过一个当时相处很好的老同学处，就想与她联系一下，可是把通讯簿忘家里了，让我找一下把联系电话告诉她。然后她就对我说："通讯簿在梳妆台下面的第三个抽屉里，钥匙在梳妆台的镜子后面。"按妻的吩咐，打开抽屉，我顺利地把妻要的联系电话翻到了。可是翻到这个电话的同时，也翻到了一张陌生的男生相片。人长得英俊、潇洒，光看相片就能触摸到他过人的才气了。我忍不住又翻了妻抽屉里其它的东西，隐约了解到这位是她的年轻时的友人，心里掠过一丝淡淡的醋意。

晚上，一个人躺在床上翻来覆去睡不着，胡思乱想了许多。正在这时，妻的电话打回来了，她想说什么却又没开口，我知道妻是怕我小心眼啊，想着向我解释一下，可又怕这事越说越糊涂，不好张嘴了。听到妻子在电话那头的喘息声，我知道妻的挂念与爱在我的身上，我又想到妻对我的坦然，不禁为自己的自私惭愧起来。

每个人都有自己心底曾经爱过的人，但是他（她）不一定是你终生相伴的那位，很多时候，我们都是在自己的婚姻里匆匆地忙碌着，只偶尔闲下来时，才会从心灵的抽屉里拿出那张相片，展开自己最美的回忆给生活添点鲜活的颜色。也许只有给对方留一只盛装回忆的抽屉，才能让对方具有更完好的心灵来面对真实的生活，才能更好地经营自己的婚姻。

对爱忠诚，不是一览无余地展示自己，给自己、也给别人一只心灵的抽屉，把婚姻之树上裁剪下来的剩余的枝桠装进去，才会让双方爱得更无间、更美好。如果没有这只爱情的抽屉，把这些枝桠放置在随处可见的地方，婚姻就会因这些裸露的外因而感到疼痛，那么，请给爱情一只盛着隐私的抽屉吧！

# 爱情的房子

大学毕业时，许多女同学都与在校时相爱的男友分道扬镳了，见陈丽傻傻地与原来的男友仍然形影不离，就笑话她的落伍：这年头，找一个好男人才是女人的福份，与其花费多年时光去职场上拼杀，不如趁年轻嫁一个好男人，一切该享受的东西就速成了。

陈丽就会笑她们，"没有情感的爱我宁愿不要。"当她们坐着豪华的轿车在陈丽面前穿梭时，她却与男友骑着二手市场买来的旧单车，满城闲逛，她不要她们的豪华，只要有真情就能让陈丽感受到幸福无边。婚后，她与男友住在租来的房子里，一点都不感到寒酸，看着她们成天围在各自的丈夫身边，陈丽就为她们悲哀，没有自我的生活是最无聊的，亏她们还是经过高等教育的大学生！

然而，随着生活的进行，陈丽被她们的预言说中了，陈丽的生活因为经济的拮据，出现了危机。先是租住的房子到期了，与房主就租金未谈好，房主无情地要他们当晚搬出去，房子是那么好找的吗？当天他们与房主商议不成后，把家俱搬到外面在露天里过了一宿。想想别人住的是豪华的房子，而他们竟然露宿街头。凭着每月千余元的收入何时才能拥有自己的住房呢？心里一闷就想争吵，他们之间第一次为经济上的事发生了争执。当争执有了第一次，以后就会像决堤的水再也控制不住了。

以前想像的爱情，被简简单单的一所房子轻松地击倒了，没有房子，爱情住在哪里呢？陈丽想起那些女同学真是比她眼光远啊！就在陈丽为经济拮据产生无穷烦恼时，那班小姐妹竟然也有着无穷的烦恼，人住在豪华的房子里，一颗心却无所依靠，任凭风吹雨打。有一次，她们来到陈丽的小屋里，竟然满是羡慕地对她说："要是当时向你一样明智就好了！"望着她们一脸的凄凉，她竟然无言以对。她现在这境况竟会让这些衣食无忧、超前享受的女同学们羡慕？

想不到她们见陈丽迷惑的样子，就对她说："只有华丽的房子，一颗心放在哪儿？你看你，住得虽然差了点，心却充实啊！"

陈丽迷惑了，究竟什么样的婚姻才能够使让人满足呢？她渴望能有一所房子让她不再漂泊，不再受风雨的侵蚀；而她们却又渴望能拥有一间心灵的房子，让心灵享受到幸福的滋润。

爱情的房子该怎样呢？首先是要有一幢房子，哪怕它小一些，简单一些都无妨，若连房子都没有，这爱情住在哪里呢？可是有了房子的爱情啊，盼的是能有一个心灵的栖息地，否则人住在豪华的房子里，却让一颗心裸露在外饱受风雨吹打，幸福又在哪里呢？

## 爱情的口味

和女友恋爱时，我当时还是一名船员，在那长长的分别日子里只能望眼欲穿地以书信寄托相思之苦，休假时就恨不能分分秒秒待在一起。好在女友那时单身一人在县城工作，没有父母的监视，自由多了，我常常在她下班后与她一起出来逛街，玩累了找家饭馆坐下来，边吃边聊。即使现在回忆起那时的感觉来，也总是觉得浪漫极了，萦绕在心头的滋味儿就像尝了一味鲜美的佳肴。

慢慢地和女友熟悉后，她就会对我说：回去吃吧！我也会做你喜欢的饭菜呢。听到女友善解人意的话，我连客气的话儿都没说，要知道每天的花销可真够我受的。我就顺从地装作惊喜的样子说："真的，我好想吃你亲手做的饭菜呢。"其实她哪里知道我的花花心肠，只是想省下点钱又不想失掉面子而已。

和女友手挽手去菜市场亲自挑选，要清脆欲滴的小青菜，红而发亮的西红柿，嫩而脆爽的黄瓜，皮厚而又不辣的菜椒，蛋要家养的草鸡下的，肉要还冒着热气刚上市的……，总之对用的原料颇为讲究，回到女友租住的小屋里，看她一件一件地清洗干净，整齐地切好码在菜板上，随着锅内"哧溜"一声油烟冒起，香味就四处弥漫开来，食欲就蠢蠢欲动。女友把做好的菜一盛上来，已经顾不上装模作样客气了。望着秀色可餐的女友，享用着她亲手做的菜肴，一句话：感觉好极了！现在回忆起来，菜是什么滋味已经记不清了，但是那时菜的颜色却在记忆里不时闪出来勾引我越来越淡的味蕾。后来，女友做的次数多了，那种美妙的感觉就淡了。

后来，女友成了老婆，她的厨艺竟是越来越让我失望了，很多时候，我吃着吃着就会批评她的菜难吃。老婆就会莫名其妙地看着我，对我说："还是那样的做法啊。还是精心亲自去菜市选的菜啊！为什么就难吃了呢？"听了老婆的话，我也愣住了，是啊！一样的手艺，一样的精心，选的是一样的新鲜原料，为什么就难吃了呢？我百思不得其解。

后来，我进修学习在外，吃住在饭店，挺有名气的厨师的菜也不能让我吃得开心。而在心中却常常怀念恋爱时妻亲手做的菜肴来。在外漫长的一年学习终于熬过去了，回到家时，妻特意做了我喜欢吃的菜，竟让我又回到了恋爱时的那种感觉里了。我才明白，不是妻做的菜不好吃，而是我吃习惯了，在美味面前没有了食欲，自然不好吃。这就像在幸福的婚姻里呆久了，感受不到幸福的滋味是一样的。而要想永远保有那份恋爱时美妙的感觉，就需要自己永远都有一种想要品尝的欲望。如果把婚姻比作一道菜，是否可口，就看你是否会做。如果把两个人比作是原料，先前各自挑好的。剩下的就需要用爱、关心、责任、信任、理解等佐料来烹调婚姻这道菜了。这道菜做得好不好吃，都是自己的缘故，怪不得别人！

# 爱情画面

在我经常行走的那条路上，我常常遇到一位英俊、潇洒的男子搀着一位腿有点残疾的妻子散步。他们边走边小声地说着话，就像初恋的情人那样情意绵绵。男子竭力地搀扶着他的妻子，女子则是依靠着男人。他们慢慢地走，慢慢地说着情话。

时间久了，我就慢慢地知道了他们的故事。

他们是青梅竹马。他们从小生长在一个大院里，一同上学，一同工作。然后恋爱，结婚，生子。

不幸的是有一天，他们一起外出办事，遇上了车祸。女人为了保护男人被车从大腿根部辗过。男人哭着把她抱进了医院。女人虽然在昏迷了七天七夜后醒来，却躺着不能动了。

医生说她能活过来就是一个奇迹，她终生再也站不起来了。

男人不信，他说一定会让她重新站起来行走的。

男人支撑起家里的一切，男人带给女人的永远是微笑与鼓励。

男人对女人说：你一定会重新站起来行走的。

女人对男人说：我一定会重新站起来行走的。

男人每天帮女人翻身，帮她按摩。

女人就在心里想像着身体会慢慢地康复。从心里觉得自己又好了一点，好像知觉一点一点地向下身发展着。

在爱的呼唤下，奇迹终于发生了。那天，女人惊奇地对男人说，她感到了腿部有点麻。

这是一个好的信号，有了知觉。男人继续用爱心为爱妻营造幸福的家园。

女人继续用毅力克服着重重困难。

女人终于可以下床站立了。

女人终于可以在丈夫的搀扶下挪步了。

女人终于可以走出医院了。

……

他们用爱创造了一个医学上的奇迹。他们用爱治疗了医学无能为力的病例。

如果你看见这样的一对夫妻，你能不对他们肃然起敬吗？

爱情不在于波澜壮阔，不在于惊世骇俗。如果你心中有爱，即使平淡，即使平凡，也一样可以演绎一份不凡的情感。

执子之手，与子偕老。是爱情最美的画面。

省略其间的过程，无论爱情经历了多少磨难、挫折，即使白发苍苍，依然能牵手同行，这份爱情就会像醇香的酒，愈来愈香味四溢。

# 爱他什么？

在一个咖啡厅，隔坐是两个年轻的女孩，大声地争论爱情，应该找个什么样的男孩去爱。

两个女孩，穿着时尚、现代，话语也前卫。一个瘦，大眼睛；另一个稍胖，短发，爱用手不时地挽一下头发。

瘦女孩说："那个男孩子太帅了，和他在一起，真酷。"

胖女孩回道："帅顶什么用啊？能吃能喝吗？与钱一比，帅就不重要了。"

瘦女孩听到这话就打住了，她喜欢的那个男孩大概属于没钱的。

胖女孩说："男人要有钱，说话有趣，就好了。"

瘦女孩醒过神来，应道，"是啊！有钱又会说话，当然好了。可是，这样的男人大多靠不住。甜言蜜语，时间一长就没趣了。"

胖女孩有点感伤道："是啊！"或许她爱过这样的男人吧？

胖女孩回过头，对瘦女孩道："小莉的男友非常有才华，是个作家呢，小莉很迷他。可是他没钱，租的房子是个小阁楼，冬天冷死，夏天热死了"说"热死"的时候，胖女孩形象地摆了个姿势，向后仰着头，闷热而喘不过气来的样子。

瘦女孩说："现在的年轻人哪有什么钱啊？人生刚刚开始，一切需要从头做起。给一些时间，面包会有的。"

胖女孩撇撇嘴，"哪有那么容易哦！钱是那么好赚的，万一赌进去了，一辈子也甭想过上好日子。男怕入错行，女怕嫁错郎。"

听她们大声谈话，我也陷入沉思。沈从文当年向张兆和表白爱情时说："我不仅爱你的灵魂，我也爱你的肉体。"这话说得活色生香，多少年来，成为爱情表白的经典。然而，现在却落后了，不仅爱肉体，爱灵魂，更爱身体之外的许多，有时，身外的东西远远更为重要，金钱、房子、车子、地位、权力，大概连对方的父母价值几何都顺带着考虑了。

爱情是什么？

喜欢那个人，和他一起生活，在同一个屋檐下柴米油盐，养儿育女，也会幻想一下浪漫的爱情故事。大概多数人的渴望就是那首歌：和你一起慢慢地变老。

爱他什么？

爱他才华、风趣、宽容、体贴、珍惜、尊重、疼爱、关照、积极、上进，还爱他什么？爱他英俊、高大、伟岸。

其它的，重要吗？

金钱、地位、声望、权力、豪宅、名车，可以给身体享受，也可以是枷锁。倘若把这些东西压在身上，成为桎梏，也未必是幸福。女孩单薄的身躯，拼命想占有这些超重负荷，究竟是为了爱情还是身体的欲望？

爱情其实很简单，爱他就跟他一起走。相信他，塑造他，挖掘他的潜力，和他一起寻找爱情的附加值。

# 爱要傻一些

　　她是一位作家，写字为生，她聪明、勤奋，她洞透世事，明白人生，就像她笔下的人物，想要干什么，会去干什么，都一任她的思路去发展，她太了解人性了，所以笔下人物性格丰满，故事曲折。

　　她会不时地下笔批判男人，有那么可爱的女人了，还不满足，四处花心，吸引年轻女人，真是十足的恶行。

　　这么懦弱，一点风浪都抗不住。还是男人呢，女人嫁你干什么？就是想找一个肩膀靠一靠啊！你自己那么软弱，还让女人怎么过生活？

　　年轻时这么享受，将来长成男人了，能有几分承受挫折的能力？享受对于男人来说，没有一点好处。

　　这么不懂风雅？真是没趣。男人跟木头似的，哪个女人愿意跟着你讨生活？

　　她总是把男人的缺点看得格外透彻，或者特意放大男人的那些缺点，毫不留情地进行批判，恨不得把男人调教成既温顺体贴，又能呼风唤雨的斗士。世间有这样的男人吗？就像尘世间没有完全的纯金一样，又怎么会有一个毫无暇疵的男人？一个优秀的男人，就是他的优点总是闪光的，他的能力大于他的缺点，或者他少有缺点。倘若想要一个尽善尽美的男人，去哪里寻找？况且，这样的男人又要什么样的女人才可以与之匹配？

　　她都三十了，还是孤家寡人，家人都急了，她自己貌似无动于衷，其实内心比谁都焦躁。这帮臭男人，怎么就没有一个可以爱的呢？恨嫁的心藏着掖着也痛苦万分。以前，她是要一个满意的男人，跪着来求她，像剧本里一样浪漫，像小说里的一样动人。她挑剔，不顺眼的男人见过一面就永不再见。

后来，男人们视她为一枝长刺的玫瑰，再也不愿与她交往。她开始听从家人的安排去相亲，那是什么样折磨啊！媒人嘴里英俊潇洒的人，却是一个矮小粗胖的男人，她连话都不愿说就掉头走了。那个才华横溢的男子，也不过是看多了几本小杂志，挑些流行词语，从嘴里蹦完了就无话可谈，连大脑都没有，还才华呢。那个号称家财万贯的男人，居然见面就问她的年龄，粗鄙的话语让她难以抑制的恶心。

她号称要独身主义了。

母亲说："你那样骄傲，连人家讲话的机会都不给，怎么建立感情？"

她说："还打算生活一辈子啊？见一面都痛苦，要是那样的男人也可以，干脆死掉算了。"

吓得母亲不敢多语。

妹妹劝她："看着可以的，先谈谈看。觉得合适再继续。"

她说："我也想啊！可是，叫我怎么跟他谈，他讲的我没兴趣，我说的他不懂。南辕北辙。"

妹妹说："你聊那么文艺的话题，谁能配得上啊！世俗一点么，就聊聊家长里短。"

她想，"才开始就乏味，怎么去挨以后漫长的一生？"

她就这样挑剔着，她想要一个男人牵手，可去哪里找呢？

看到一个个女友小鸟依人般偎在男人身边，她又会觉得心疼，然而，那是别人的幸福，不属于她。

有一天，小妹带着孩子，挽着夫婿的手，有说有笑地来娘家，她本想迎着说上几句话的，不知为什么，竟然向妹夫恶语相向。妹夫尴尬不已，却又不知所措。她不明白，为什么那些世俗的人都可以幸福地生活，而她却找不到自己的温暖。

　　有时，她又实在太傻。她看到了别人的温情，可曾看到婚姻里的琐碎和争执？哪对夫妻不曾吵架拌嘴，烦恼丛生，可他们依然向往两个人的温暖，即使有缺点，有烦恼，那也是爱情的烦恼，它比一个人的清净要幸福。而爱情，不仅有喜欢，也会有隐忍，面对自己不喜欢的，能忍下就可以了，倘若连忍也不行的，大概不能成为一个屋檐下同享温暖的人。

　　太聪明的人，没有好的爱情。倒是那些傻傻地，不太挑剔的人，能享受到尘世里爱情的些许温暖。

# 表象与真相

玲天生丽质，大学里就是出名的校花，而且家境优越，难能可贵的是她具有如此优势，依然勤奋好学，为人和善。优点的背后也隐藏着缺点，玲因为出身好，又如此美丽，围绕着她的多是赞美，这让她缺乏洞察表象背后真相的智慧。

大学期间，同学强就苦苦追求，为此，强还放弃了留校工作的机会，跟随玲去了她家乡南方的某个小城，玲的家人为她的工作早做了安排，回来后就去了政府机关工作，强则进了一所学校做教师。许多有身份有地位的人看中了出色而美貌的玲，希望能够得到玲的青睐，他们利用自己的优势，展开有力的攻势，熟人介绍，友情劝说，情感进攻，礼物"炮轰"，这些似乎都不能打动玲的芳心。

最后，一位叫勇的小伙子脱颖而出，他用一个有效的方法走进了玲的视野，每天都能准时地驾着名车出现在玲需要的地方等着，这让一直追着玲的强感到尴尬而失落，强出身贫寒，虽然学习优秀，却不能迅速聚敛财富与勇较量，眼看着自己心爱的人心灵的天平正一点点倾斜到远离自己的地方，却又无能为力。

说实话，玲也对强心有所动，这么多年来，强一直恋着自己，而且他放弃了留在大城市工作的机会，执着地追随自己到南方的这个他乡小城，对于强的相约，玲有时也应邀而至。可让玲感到失望的是，强总是一副疲惫的神态，缺乏充沛的精力。而勇则不同了，每次和玲出去玩，他都是神采奕奕，而且出手阔绰，虽然玲不在乎强的贫穷，很多时候，甚至是玲主动买单，但是让玲不满的是强似乎每次都缺乏激情似的，慵懒而缄默，这让玲感到郁闷不快，玲是阳光而开朗的个性，她喜欢明媚的奔放的个性，这些勇带来的似乎多些。

时间久了，玲的心就渐渐地倾向于勇，虽然强一直不放弃，可是感情却无法勉强。在玲与勇的婚礼上，强去了，面对他们快乐的面孔，痛苦不堪，喝得酩酊大醉。

可是，婚后的生活并非如玲想要的那样，原本机智有趣的勇竟然变了色、失了味，寡淡至极。玲哪里懂得，勇与玲恋爱时，收买了她同事兼好友，把玲的一切行动了然于胸，做到与玲相见从容不迫，见面后自然神采奕奕。而强老实得很，上班辛苦工作，下班后匆忙地守候在玲下班经过的路口，更多的时候是见到玲已坐在勇的轿车里。

对待这份爱情，强是全心全意守候，却在面对玲的时候，显出他疲惫不堪的一面；而勇却能够抓住玲的准确信息，在最紧要的关头以最精神的面目出现在玲的身边。生活往往就是这样，一个不会表现自己的人，工作做得最辛苦，时间最长，而在歇息的片刻被领导发现了，得到的印象是偷懒；而一个平常闲得慌的员工，抓住领导的作息时间，故意在领导面前表现一番，却会得到领导的赏识。爱情也是这样，玲就犯了这样的错误，她没有观察到事物更深层的真相。

生活已经给投机者很多机会了，我们不要把爱情也给投机者捕获去。睁开自己的双眼，逮住投机者虚伪的本质，找到自己想要的真相，去爱那位真切地深爱自己的人吧！

## 车上爱情

　　他们那时候都还很年轻，在这个城市刚刚落下脚来，他们喜欢一起去外面闲逛，尽拣不花钱的地方玩，累了就坐公交车回来。

　　那次，他们俩去了城南的植物园，在里面逛了许久才回来。这里是公交车的终点站，好不容易盼来一辆车，众人蜂拥而上。他们挤了上去，紧紧地拥在一起。因为是最后一班车了，一路上只有下的人，却无上车的。等到几站路过后，车厢里空旷了许多。原本拥挤的人，渐渐地散了，各自寻了座位坐下。

　　只有他们，还是相拥在一起，悄悄地说着话。

　　与他们临近的一对男女，背对着背，各自仰脸望向车顶。

　　他发现，这两人与他们一样，曾在植物园里卿卿我我的啊。到一个站台，忽然，那个男的对司机说："我要下车！"身边的女的紧紧地拉着他不放，居然拉不住，看到车门打开，男的挣脱开下了车。

　　车继续向前驶着。那个女孩孤单地坐在那儿。

　　那个女孩抓起身边的一束鲜花，扯乱，向车下扔。花瓣凋零，纷纷扬扬，忽有伤感莫名地袭来。

　　两个人相爱，紧紧地牵着手，渴望今生今世相伴相依一起走。就像刚才为了乘车，蜂拥而上，挤也不可怕，只愿搭上这趟车。

　　然而，愿望与现实是不同的，总有人会不断地下车，原因却各不相同。

有的是情感纠葛，有的是疾病剥夺，有的是经济纠纷，有的是别人横刀夺爱，有的是飞来横祸……

反正，原本打算牵手一齐走下去的愿望破灭了。就像身边这个女孩，相爱的人提前下车了，走开了，只剩下她一个人，去赴下面的旅程。

有时候，外部因素并不可怕，就像车子拥挤啊，晚点啊……怕的是两个人之间有了问题，本来牵在一起的那双手忽然间松开了，不愿再赴下面的旅程。有的是挣扎着也要分开，有的是无奈地撒手。

车到终点，车厢里只有他们和驾驶员。空荡的车厢里，他们还是相拥在一起，驾驶员看了他们一眼，笑了。

真好，他们都觉得。这样相拥着走过漫长一生，不离不弃，即使白发苍苍，依然有相爱的勇气，难道不值得别人羡慕吗？

那么多人坐上这趟车，只有他们才完美地走到最后。不论有多少苦难，也不论有多少波折，能紧紧相拥着共同走完余下的路程，就是美好的爱情。

## 春晓的爱情

　　春晓是乡村里走出来的女孩子，但是现在的春晓不是乡村女孩了。聪明、智慧的春晓考上了大学，她的未来将从此与乡村划清界限。

　　春晓走在南京宽敞的街道上，看着明亮的街市，在心里想象着将来的生活，她将要在城里生活，那些舒适的只在电视里出现的生活是她憧憬的未来，她有些莫名的激动。

　　漂亮的春晓在校园里是许多男生追逐的目标，她对那些小男生的甜言蜜语无动于衷，她要寻找一位有实力的男生，能够实现她的梦想，让她从此在这个可爱的城市扎根生长。春晓想到这里，就会觉得南京这片土壤真是适合自己。

　　然而，一切并不是春晓想象的那般美好，追她的男生有才有貌，可惜没有多少实力，自然不在春晓的接受范围，有实力的男生似乎对春晓没有多大兴趣，他们有自己的目标，那些城里女孩子似乎对他们更有吸引力，时尚、前卫，衣着、谈吐映衬着各自的底蕴，这比春晓的漂亮更有魅力。有几次，春晓与那些城里的女孩子结伴去参加一些活动，才明白自己与她们之间的距离有多远，她们的舞蹈跳得非常棒，任何一支音乐响起，都可以跳起优美的舞姿；歌唱得跟明星似的，在卡拉OK里分不清是谁的甜美歌喉。只有这时，春晓才感到一丝的自卑，那些乡村的烙印与城里女孩的文化之外的氛围怎么也无法融合，春晓明白，要想尽快地改变自己，必须有城里女孩子的味道，除了她们的举止、谈吐、穿着外，当然也有小小的心计。

　　春晓在为自己向城市女孩身份转变而不停地努力。学业之外，她开始向她们学习跳舞、唱歌，春晓聪明，加上她有非常高的天赋，这些东西很快就熟络了，很有些后来居上的气势，在一大群人中，春晓可以舞出惹人眼红的"漩涡"，把众人热热的目光吸引过来，K歌时，春晓不再袖手旁观，成了超级"麦霸"，从流行歌曲，到京剧选段，男女声反串，甚至可以包下二重唱双声道，这让与她一起玩的朋友格外开心。

　　春晓不再默默无闻了，那些曾对她不屑一顾的男生也开始排队邀请春晓一起外出了，他们格外殷勤，颇有绅士风度，出手阔绰，玩法新潮，令春晓颇为自豪，时不时地在女同学面前显摆，看到她们眼里的嫉妒之火，就会有说不出的开心。现在的春晓已不是那个不谙世事的乡下女学生了，她在这个灯红酒绿的城市里，如鱼得水。

　　后来，在一次派对中，春晓认识了一位房地产大佬，他一眼看中了春晓，漂亮、性感，谈吐优雅，非常时尚，他对春晓说："大学毕业可以来他的公司工作，高薪。"春晓一笑，未置可否。说这话的人多了，谁是真的谁是假的？春晓又不是才出村门的打工妹，那么容易相信别人。不过，房地产老板不仅有豪华爽快的语气，更有一掷千金的实力，他在春晓身上大把地花钞票，不能不让春晓动心。要知道，在这个城市里，一切美好的东西都需要金钱购买的，没有钱，看看都是一种奢侈。春晓曾经和同学去一家精品专卖店，本来想买一件上衣的，令她想不到的是营业员居然说那件衣服不能碰的，哪有售卖的衣服不允许顾客试穿的？明明就是瞧不起她嘛。

　　那天，春晓带着房地产老板直奔那家精品店，故意在那位曾讥笑过她的营业员面前不停地试穿，不知为什么？她居然客客气气地，不厌其烦地任她挑来挑去，春晓还是春晓，只不过身后多了一位能付款的老板，一切就都改变了。盛气凌人的嘴脸尽是谄媚。春晓故意拉着老板径直走了。

　　后来，老板把春晓试过的那件衣服买了送过来，还对春晓说："跟她们生什么气。"仿佛看透了春晓的心思。春晓捧着那衣服，不知道该不该接下。说实话，春晓非常喜欢那套衣服，她逛过很多店，都不能让她把那件衣裳忘掉。可是，当老板真的看透了她的心思，把衣服给送过来时，春晓又有另一种不安，这衣裳是不是一份诱饵？还有，老板那份目光背后洞察一切的犀利，令春晓隐约有些不安！

没等春晓发话，老板就把衣裳丢在春晓的手里，开车离开了。

春晓穿上那件衣裳，更是迷人，高档的服装衬托了春晓的美貌，还有她的自信。那天，房地产老板约春晓去赴一个酒宴，春晓本不想去的，可是老板半是央求半是命令，居然让春晓不知如何拒绝。

春晓虽然经历过不少场面，可是当她面对一桌各色各样的人，还是找不到刚刚建立起来的自信，她躲在房地产老板的身后，依然躲不掉四面射来的灼人目光，酒是一杯接一杯地灌了下去，脸红红的，表情羞羞的，当房地产老板揽着她的手时，她居然没有拒绝。不过，当老板把她带到一间房间，有些急不可耐时，她还是清醒了，怎么也不肯顺从，挣扎着从门缝里逃掉了。

春晓明白，房地产老板寻找的不是爱情，这不是她想要的，然而，她想要的爱情，却又没有金钱撑起的坚实，有点缥缈。莫非，爱情就是这样令人左右为难？那天，春晓的一位同学哭着告诉她，怀孕了的她不知该如何处理。那个对她甜言蜜语的男人此时已音信皆无，根本不再接听她的电话。这让春晓一下子从梦中清醒过来。倘若没有了爱情，有钱又能获得什么？真的可以拿青春去换现在的消费？

春晓开始怀念刚进入学校时的单纯，天真而快乐，有无限的憧憬，春晓像猛然醒悟了似的，下决心摆脱那些光怪陆离的诱惑。

春晓大学毕业后，去了一家企业，拿着与众多刚毕业的大学生差不多的薪水，偶尔会在精品时装店前徘徊一阵子，然后又毅然转头离开。

穿着朴实无华的春晓，不久就与一个男孩子好上了。他们一起去大排档吃5元一份的过桥米线，有时奢侈地花上20多元钱跨进肯德基快餐厅，一人点一份快餐，心满意足地耗上一个多小时，不是为填饱肚子，只是想要那份感觉。

春晓想，她最终会在这个城市里有自己温馨的小家的，当然还有自己可爱的孩子，那时候，一家三口，手牵着手在这个城市里漫步。

# 儿子想要的礼物

仅因为一点点的小事，女人就"火山爆发"了，她指着男人吆喝，像是一个暴君。

男人不言语，像是习惯了她的专横。呆立在一边的儿子怯怯地看着妈妈，又望望爸爸，眼神里流露出同情和不满。

女人的火气越发越大，不像往常，只要男人不言语，她一个人喷发一阵就自动熄了火。

男人平静地听着女人的训斥。男人等着她把火渐渐自动地熄灭。

女人说到最后，向男人抛出一句：我们离婚吧！跟你是过不下去了，你太窝囊了。女人是一家公司的副总，男人是位小小的公务员。女人出入有车，月薪八千，她的周围是太多能干的男人。

男人每天骑着一辆半新不旧的自行车，风里雨里赶时间去上班。男人说：你不要瞎闹了，日子过得好好的，离啥婚。

女人冷笑道：这样的日子我是过够了，早一天结束早一天痛快。男人的眼神不像先前平和，有些冷峻。

儿子的眼神里有些迷茫。

男人呐呐地说：那孩子呢？

跟我！女人毫不犹豫地说。那意思再明显不过了，就凭你那点工资养活你自己都紧紧巴巴，还能带孩子？不是把孩子往绝处带吗？

男人把脸转向孩子。

孩子看了看爸爸，把脸转向窗外。儿童节快到了，过完儿童节吧！爸爸，妈妈，过完儿童节吧！孩子似乎是央求了。女人的心软了下来。点点头算是同意了。

孩子似乎忘记了爸爸妈妈的约定。高兴地拽着爸爸妈妈的手，要去超市买玩具。女人说：我去开车。

儿子摇摇头，我们步行去。女人有些犹豫，这漫长的路。

儿子坚持步行。男人附和着，女人最终同意了。

儿子快乐地一蹦一跳的，男人也轻松地跟在后面。女人多年没这样步行过了，感到有些吃力，不过很新鲜。女人觉得没了车步行也很快乐，原来自己拥有那么多的东西在带给自己方便的同时，也在左右着自己，束缚着自己。现在多好，轻轻松松的。女人忽然发现，男人和以前一样可爱，只是自己变化太大了。

前面有一处围满了人，原来是一家商店搞促销。很大的充气米老鼠立在门口，儿子走上前去搂着它，然后喊：爸爸、妈妈，你们来啊！

男人立即跑了过去，女人犹豫了一下，才靠过去。儿子说：我们全家和米老鼠合个影。然后，儿子附在爸爸的身边说了一句：爸爸，我爱你！接着又对妈妈说：妈妈，我也爱你！我今年最想得到的礼物就是爸爸和妈妈永远和我在一起。

女人的心酸了。男人牵着孩子的手，女人搂着孩子的头。一家三口在米老鼠的怀抱中温暖地靠在了一起。

第四辑

永远有多远

# 风雨无阻

狂风、暴雨，夹杂着闪电，猛烈地袭击这个小城。她立在房间一角，瑟瑟发抖，停电了，整个房间漆黑，闪电扑进屋里时，亮光闪动，似有人影在屋里乱蹿，她惊叫不已，恐惧顿时攫住了她的心。

她租住在这个小小的套房里，孤单、恐惧就像不时乱蹿的黑影，她忍不住给他发了一个信息，怕！

她忘了现在外面的世界，狂风大作，暴雨如注，交通陷入瘫痪状态。他离她有3公里，接到她的短信，没有丝毫犹豫，立即奔下楼，路上空无一人，车辆也消失得无影踪。只有风在天空张狂的呼啸，雨也左冲右打地砸下来，他摸了一把脸上的雨水，想让视线看得远一些，却是白茫茫一片，树枝、灯箱、广告牌，和雨水一起飞舞，哪里有车的影子。

他怕她更加恐惧，向风雨里迈出步伐。3公里，在狂风暴雨里格外漫长，他向她坚定地走去。

雨水打在脸上，疼，就像冰雹，狠狠地锤砸下来。他摸了一下额头的雨水，整个世界都在风雨里发呆，他像是一只随风奔跑的杂物，在雨水里湿透。

他想的只有她，她一个人在暗黑的屋里，该怎么应付。她大概从未见过这样的暴风雨。其实他也从未见过，但是她现在需要他去安慰，需要他的关爱。即使风狂雨大，他也将义无反顾地奔赴。

任何空洞的安慰都无济于事，她现在要的是他宽阔的怀抱。

他懂得，所以风雨无阻地奔赴。

临近小区，积水过膝，他只能在水里跋涉，歪歪斜斜的行道树像一个个魔鬼向他伸出手，他只能在空隙里向前走。

终于摸到她的门前，敲门，咚咚，她一边尖叫着，一边奔过来。不顾他浑身向下滴水，一下扑进他的怀里。

他抚摸了她的脸，让她安静下来。

鞋里积满了水，走起来扑扑地响，衣服都湿透了，水直往下滴，头发贴在皮肤上，她看着他的样子，安静下来的心怜惜地为他拭去脸上的雨水。

她只要他在身边，却不知他是如何过来的。那些风，那些雨，会隔断多少人的脚步。她发一个短信，他就急急地奔过来。穿越狂风，穿越暴雨，穿越3公里城市的无人街道。

有些爱，给的是锦绣言辞；有些爱，给的是华衣丽裳；有些爱，给的是美味佳肴；有些爱，给的是富裕华贵；有些爱，给的是温暖人生；有些爱，给的是风雨无阻……

他爱她，只要她需要，他就会义无反顾地为她而来。风、雨，艰难、困苦，甚至灾难，他都不回避。

# 高 度

　　表妹与相恋多年的男友分手了，男孩子我见过，人长得挺帅气的，谈吐温文儒雅，且又与表妹大学同窗多年，按理讲，两人的情感应该发展得一帆风顺，最后就可水到渠成步入婚姻的大门，可是现在却忽然间半路夭折了。

　　我前天特意打电话关心一下表妹，不曾想表妹没有一点失恋的惆怅，笑得阳光灿烂。表妹告诉我，那个男孩落选的原因是"高度"不够！我疑惑了，高度不够？那个男孩子1米78的身高，足以胜任蓝球队员了，还嫌矮？表妹听了我的疑问，笑得花枝乱颤：高度——不够！严重不够。

　　之后，我特意留心了身边优秀的男孩子，把单位里一位新来的大学生介绍给表妹。1米85的身高，这次不应再嫌矮了吧？表妹与男孩子接触几回后，表妹没有表态，那男孩子却疯狂地迷上了表妹，经常邀约表妹，有时表妹会赴约，有时会借故推辞不去。表妹可能是在用欲擒故纵之计吧。可是出乎我的意料，时间不长，表妹又提出分手。这男孩子就急着搬出我这个月下老人救急，我催问表妹为何要分手？表妹一如既往地对我说："高度"不够。我傻了，"你到底要找多高的才不嫌矮？"表妹忽然收住了笑，认真地对我说："表哥，你是真不明白，还是装不明白。"表妹的话搞得我一头雾水。在表妹的解释声中，我才明白：表妹之所以与那位大学同窗分道扬镳，是因为她嫌那位同窗太缺少主见，没有男子汉应有的果断、勇敢，没有男子汉硬朗的形象。没等我发问，表妹就告诉我她对现在这个男孩的意见：喜欢享受父母创造的成果，不懂设计自己的人生，缺乏起码的爱心，胸怀不够宽广。居然存在那么多缺点。

我仔细想想，表妹说得挺对。单位里新来的这位同事，家境宽裕，父母有自己的中型企业，他的那点薪水根本不够他自己开支的，只是父母乐意为他的各项费用买单罢了，而且他对工作缺乏认真、严谨的态度，因为他父母拥有错综复杂的人脉关系，很多人不愿得罪他。

后来，男孩子多次追表妹，都被表妹巧妙地婉拒了。前段时间，表妹告诉我，她找到自己理想的伴侣了。人长得很普通，有些黑，但是很精神，身高才1米72，远没有前面的几位挺拔，农村里出来的，大学毕业后自主创业，表妹却对他非常满意。

我与表妹的那个"他"见过几面，谈吐、抱负，他都有与众不同的"高度"，我相信，在不久的将来，他会沿着自己的理想一步步地接近目标。

表妹是极聪慧的，她不被所谓的优越所左右，执意寻找属于自己理想"高度"的伴侣，她用自己现在的远见设计自己未来的幸福人生，她会找到自己预定的幸福。

# 隔河相望

他和她都来自乡村，两家之间隔着一条河。从小学到中学，他们都一起走，他过河去，与她步行3公里去学校。

本来，他可以在学校寄宿的，可为了能与她一起去学校，就一直步行。春夏秋冬，寒暑交替，年复一年，他们在那条乡村小道上越走越大，越走越远。小学、中学，直至大学。

本来，他是可以去更好的大学的，只因为她去了南方的一所大学，他也报了那家学校，他想和她在一起。

在大学校园里，他们漫步在林阴道上，边说边笑，就如在乡村小道，那些花、那些草，都喜欢听他们的话语，一句笑语刚从嘴里蹦出，就惹笑了一朵花。

他告诉她，5岁时，他就隔河相望，喜欢上了她。她就摇头，"不信。"他说："真的真的！"

他们在校园里手挽着手，成为一道风景，他的才华，她的漂亮，都是众人议论的焦点。

毕业后，回到小城，她被招聘进了一家事业单位，他费了九牛二虎之力，托亲拜友，又给领导送了红包，也进了那家单位。

只是，她被领导的儿子看中，开始，她不答应，可是，领导的活动能力很强，托人找到她的父母，工作做了很久，她的父母被说动了心。领导的儿子多好，将来你的前程无量，父母也对她进行劝说。她不听。

不曾想，父亲忽然生了重病，家里实在拿不出治病的那一大笔钱，领导毫不犹豫地替她交了，"先看病。"她着实不想要，可她，又不忍将父亲拒之医院门外。

领导的儿子跑前跑后，本来人就机灵，现在危难时刻出手相助，她就有了几分好感。

他知道这些情况，却无能为力，他帮不上一点忙。读书的钱，还是助学贷款，为工作，又花了一笔，家里欠的债太多了。他只能看着她慢慢地与自己疏远。

她与领导儿子结婚时，他把自己关在家里，失声痛哭。小时候，他隔河看到她，穿着粉色小裙子，特别漂亮，他会在河边久久地看。上学了，他不分冬夏，总要涉水过河，与她一起去上学。他们在那条乡村小道上，数过多少春秋，丈量过多远的距离。他以为，只要他努力地向她走去，就会和她在一起，却不曾想，有的河水很难跨越。

过了好多年，他也终于找了一个女孩，成了家，不咸不淡地过着。

只是，她的婚姻出现了危机，丈夫有了外遇，经常打她，开始她还尽力忍着，不过，内心的怆惶还是忍不住，从脸上显现出来。她的眼睛，又红又肿，她却竭力辩解说是别的原因。

直至他们的婚姻解体，她再也隐瞒不了。

他把她的丈夫约出来，要他好好待她。那个男人阴阳怪气地说："你小子直到现在还爱着她，那你娶她好了！"他再也忍不住，狠狠地砸过去，那个男人的鼻子顿时血流如注。他又一拳打中了那个男人的眼睛，导致严重后果，他被判了3年刑。

她去看他，他拒绝见她。她哭了，哭得泪水滂沱，却不能让他怜惜。她知道他爱她，他也一定恨她，爱恨交织。她离了，他却有家，他与她一直形影相随，却始终隔河相望。

# 给

　　美好的爱情总是令人难忘，他们曾经相信会手牵着手，就这么一直走下去。

　　那时，她是公主，他是仆人。他从乡村考上大学，与她同班，她在城里，父母都是教授。

　　他的勤奋、聪明、努力，无一不深深地打动她，她看到他未来的前景，还有他的一贯品质。

　　当她把消息告诉父母时，遭到了极力的反对，她用从未有过的激烈态度来应对父母。

　　她的父母不希望她陷在这样的爱情里，这样的爱情要经受多少煎熬，经过多少年的努力，才可以追得上别人啊！

　　其实她不知道，除了他们反对她喜欢的那个乡村男孩之外，还有，他们希望自己的女儿嫁给一个朋友的儿子。那个孩子是他们看着长大的，更为可靠。然而，女儿的爱情，打破了一切计划。

　　女儿的坚持，让他们无能为力。随她去吧，什么样的生活都是她自己要的。

　　他们终于走到了一起，新婚，他捧着她的脸，仔仔细细地端详。她笑，"没有看过吗？"

　　他说："总是不太相信，今天确定，这是真的了！"

他们紧紧地相拥在一起。

生活就如她设想的一样，随着时光的流逝，他的努力获得了回报，他一步步地升迁。他们拥有的东西也越来越多。

随着他的一步步升迁，他的心态有了改变。他觉得，他终于可以和她平起平坐了。他不用再向以前一样仰视她了。

她还是和以前一样，真诚的微笑与问候从未改变过。有时候，改变来自对方；有时候，改变来自本身。一朵花谢了是改变，看花的人心情不好，即便花朵盛放也没有惊喜。

围绕在他身边的女人渐渐地多了起来。成功的男人身边最不缺少的就是女人。就像一朵花，开了就会有一群蜜蜂、蝴蝶围绕着翩翩起舞。

他想：她也就是一般人啊！当初为什么会那么着迷地爱她？

当不再被珍惜时，无论说话、做事，哪怕随便的一个动作，都会透露出来。她不是傻瓜，她明白他的内心世界。

这样的淡漠久了，她就有些痛。分手，是必然的。

他没有惊讶。身边那么多可爱的女人，都在等着她空出位置。

可惜，那么多的女人总是比她缺少一些东西，她是不可替代的。

拥有的时候，需要懂得珍惜。否则，失去了，明白又有何益？

她给他的，不仅是青春年华、爱情，还有信任、相守、执着，更有她独一无二的精神世界，这是别的女人永远给不了的。

# 婚后闭上一只眼

　　朋友亮悄悄地摸到我这里来，向我诉说婚姻给他带来的苦恼，我取笑说："你恋爱时不是甜得晕头转向，曾向我透露说找到天下最贤慧的老婆吗？如今怎么变了？"亮摸摸后脑勺，叹了口气，也没变啥，可不知为何，就是受不了她的气。

　　亮是我的好友，婚后两人常为一些琐事呕气，我也劝解过多回，可就是不见效果。而亮与妻子一闹就会躲到我这里来散心。其实他们夫妻间的矛盾也没什么大不了，两个人在一起过日子，哪能没有一点磕绊呢？可是他们夫妻俩就是容不得这点，过了这阵子就会好得跟一个人似的，倘若哪天意见不和，又成了冤家对头。

　　这次，我没像往常那样，为他们夫妻俩调解，而是留亮在我们家里待了几天。第三天，亮就发现了我们夫妻间的那点秘密，一向温柔、平和的妻子居然向我发了无名的怒火，亮诧异地望着我，看我如何处理，而我当着亮的面，没事似的一笑而过。亮不解地问我，"哥们儿，你可不是妻管严啊！嫂子找你碴儿为啥忍气吞声？"我拍拍亮的脑袋，"你小子犯啥糊涂？这是女人们犯错误的专利，这几天不论你嫂子说啥我都会让着她的。""为啥？"亮不解。"女人么！哪个女人没有那几天闹情绪？你小子这点也不懂？"亮豁然开朗，"怪不得我那婆娘有时会莫明其妙地发火呢，哥们高明。"

　　也许是和我们朝夕相处的缘故，在亮的眼中很温柔的我那老婆有时也会要点小性子，而我总是宽厚地对待，甚至有点纵容，与我往常在外面的表现很不一致。亮这家伙就向我取经，我得意地告诉他，这叫内外有别，在家给老婆面子，她在外才会给老公面子。

亮似乎若有所悟，接着我对他说："婚姻中的夫妻两个人就像支撑我们行走的双腿，少了谁都是残缺的。而如何让两条腿协作好，就是要夫妻俩人和睦共处。有句话讲，婚前睁大眼睛找对象，婚后闭上一只眼睛过生活。"

婚前睁开双眼为了寻找到最适合自己的那一半，而婚后的生活则是双方适应、协调的过程。对于一些琐碎的生活纠纷，我们不要去斤斤计较，以免伤害夫妻间的感情，而是要学会睁一只眼闭一只眼，睁开一只眼去打造生活，闭上一只眼忽略婚姻中的矛盾与纠纷。当明白闭上一只眼睛的好处时，夫妻间融洽的情感就会始终伴随婚姻，从而让爱情之花在温馨的家庭里芬芳四溢。

# 橘子，橘子

就是一只橘子，里面也有无限的爱。

年过30的她，依然那么风姿绰约，无论到哪里，依然是众人聚焦的中心。来深圳仅仅三天，已有那么多的人围着她转，她发现了一个年轻、英俊的男孩子，夹在一大群精英男人中向她献殷勤，那些成功男人的风采几乎要将瘦瘦的他淹没，只是他的眸子里闪烁着一种独特的光彩，被她敏锐地捕捉到了。

他只是一名代老总前来聆听的助理，虽然没有雄厚的资产，可他有青春，有执着的激情。他给她买了许多名贵的水果，榴莲，蛇果，还有百香果。看着那么多的水果，她对他说：我只喜欢吃橘子。

他笑了，笑得一脸释然，橘子多么普通啊！一年四季，哪里都有，而且味道也太一般。

她看着他的笑容，有一种莫名的小小的失落。

他给她买来许许多多的橘子，大的，小的，有籽的，无籽的，甚至还有几只都皱了皮。她对着面前的橘子发愣。他只是一个劲地劝，吃啊，你喜欢的，吃啊！

她拿起一只来，剥开了，吃着，却没有曾经喜欢的感觉。曾经，她是那么喜欢橘子的味道，甜的，酸的，酸酸甜甜的，有籽的，无籽的，她都一样喜爱。而现在面前的橘子居然淡而无味，是出差外地改变了一直保持的口味，还是这里的橘子改变了优良的质地？她默默地想。

他还在笑着劝她吃。你不是挺喜欢吃橘子的吗？他的笑容里含着疑问。

她没法解释。这里的橘子味道不对？现在改变了多年来保持的口味？是，又都不是。她好像也说不清。

不吃橘子，其它的水果也能吃一点，只是失去了对橘子无比的痴迷。

有一天，大雨滂沱。闲在酒店里无事。外面连出租车都少了许多。她忽然从内心深处涌起对橘子的渴望，无比的渴望。她说：我想吃橘子。他笑，别买回来你又不吃几口，害我跑来跑去的。她的眼睛盯着他，没有说话。他看着她喃喃地说：这么大的雨……尾声拖得很长，意在这大雨阻止了他外出奔跑。

她忽然明白了，橘子里面少了一种最重要的滋味。她想起家里的橘子，圆润、光泽，剥开来，一瓣一瓣的分明，味道也是清清楚楚的，酸、甜、或者混合的都有，不像现在。那一只只橘子都是精心挑选的啊！哪一只都饱含了爱的滋味。

她记得，那年新婚不久。一个深夜醒来，她要吃橘子，家里翻来覆去也找不出橘子。他迅速地奔下楼，飞快地冲向早已空无一人的大街，他回来的时候，果真捧着一大包晶莹、饱满、黄澄澄的橘子。他告诉她，他一连敲了多家水果门市，最后还真找到一家夜市，他满足地盯着她吃橘子时贪婪的样子，微微地笑。她想，他要是买不到，他会一直沿着大街的水果店敲下去，他会的。

她一直不满足，自己嫁给他，总觉得缺少了什么。他虽然有钱，但是一天到晚地忙碌，没时间陪她，他就像父亲一样爱她，却不能给她需要的爱情。而她却一直渴望能有一场轰轰烈烈的恋爱，爱得死去活来。然而，没有，一直没有，她就在他的关怀里度过了这么多年。

这一次，是她争着要出来的，而他也真的忙，就让她来了。只是，她来深圳后，却一直吃不到她喜欢的橘子。要是家里那个微胖的他在，他就会找到她爱吃的橘子。一定会的！

会议结束那一天，她毫不犹豫地登机，归心似箭。为橘子，也为他。

果真，家里有新买的橘子。首先是那种酸酸的感觉漫上来，她剥开来，好吃。酸的，酸得很可口。她想到了他一直以来默默地为她买橘子，好像那些橘子就结在他触手可及处，一点都不犯难。她要，他就会伸出手摘来给她。

橘子，橘子！这普通的橘子里满满地盛着他多年一层不变的爱啊！她忽然泪水滂沱，一如深圳那夜的大雨，彻底冲去她内心曾有的不切实际的冲动与幻想。

## 看见爱情，看不到婚姻

他们走在都市里，是城市人群中的亮点。

他们是大学里的同学，彼此爱慕，从大二开始，就这样亲亲热热地手牵着手了。

他们来自遥远的农村，一个在南，一个在北。南方的女孩，与北方的男孩。

毕业后，他们自然地走到了一起。他们喜欢现在的这个城市，街道两旁绿树成荫，碎砖上留有岁月的痕迹，在这条路上走过许多名人，他和她散步时会说着玩。鲁迅与许广平也许走过，他们那时不敢向他们这样手牵着手，但是他们留下的气息还弥漫在这个城市这条路的上空。

他和她像这个城市里的所有恋人一样，喜欢浪漫也喜欢新鲜的事物，他们会去KFC快餐厅里泡上一个小时，享受那里的氛围。他们在这个城市里刚刚驻扎下来，他们是这个城市的寄居者，住在单位的集体宿舍，连个窝都没有。在城市里行走，他们有一口标准的普通话，没有当地的地道方言，却也不算孤独，说普通话的人多了，这是一个人才聚集地，天南地北的口音。倘若回到各自的休息地，失落感便袭上心头。每到傍晚，人们去的是一个叫"家"的港湾，他们却只能奔单位那个狭小的宿舍里去。小小的房间里挤着6个人，大家在一起就像掉进了公共澡堂，一点隐私都没有。

他说："我们努力赚钱，在这个城市里安个家。"她也想，"有个家多好。"歌星潘美辰有首歌唱得好，"我想有个家，一个不需要多大的地方。"在都市里，谁不想拥有一个自己的家？哪怕它很小，可那是自己的家，一个遮风挡雨，温暖的所在啊！

他们在这个城市里，他的月薪3200元，她的月薪2800元，加在一起才6000元，还要吃饭啊，穿衣啊，通讯啊，交通啊，当然还有没列上计划忽然冒出来的需要花钱的地方。一个月不论怎么算计，能落下的不过2000多元，可这个城市的房子是一万多一平米，他们两人一年的收入才能买2平米，卫生间都不够。有时，在外面玩得开开心心的，一回到狭小的宿舍，就感到了痛苦，是从理想跌落现实的痛苦。

后来，他们租了一个小小的房子，在一起生活。房东每次收房租就会羡慕地说："你们小夫妻蛮幸福的哦。"幸福的生活是这样的吗？她会想。每次买东西都要算计，买打折的，做爱时总要把准备工作做好，不敢有丝毫的大意，万一不小心中奖了，那可麻烦大了。

一年年下来，他们俩都想要孩子，他说不出口，她没有信心。每每看到许多小夫妻，一人一只手，中间搀着小小的孩子，多么可爱啊的画面啊！她却不知这是什么时候才能实现的梦想。她比别的女人少什么？什么也不少，甚而要多出几分坚强与毅力，然而，她就是找不到婚姻在哪里？遥遥无期。她爱他，爱得深入骨髓，爱得无法脱离，他也爱她，爱得愿意为她付出自己所有。但是，他们就是找不到盛放爱情的婚姻。

爱情是盛开的鲜花，香味四溢，耀眼夺目，而婚姻是鲜花下面的泥土，供给爱情盛开的水分和养料。

爱情是来自心灵的愉悦，是两颗灵魂的相互吸引；婚姻是物质释放出来的温暖，用来遮挡现实的狂风暴雨。爱情是婚姻的前奏，是美丽的，可它需要婚姻的滋润，婚姻又需要什么呢？婚姻是一件外套啊！

她不敢多想，因为她实在不明白她与他之间能用爱情维持多久。她有一个女友，曾劝她，趁现在年轻抓紧时间找个安稳的男人嫁了，她却做不到。然而，这样的日子，也不是她能安心地守下去的，她还是需要一个婚姻来守护自己的爱情，可她，在努力之下却看不到婚姻究竟在哪里。

## 两个人的世界

他们那时正处于火热的初恋，恨不能天天纠缠在一起。他们期望两个人在一起，不要别人的打扰。两个人，仅仅是两个人的世界，会是多么地奇妙！

他们开车去了远远的旷野，一直行到车子进不去的地方，两个人又步行走了很远，直到车子成了模糊的一个黑点，才选择一个地点停下。两个人聊天，谈情说爱，毫无顾忌地笑，肆无忌惮地接吻，这世界，一切都成为看客，天空飘浮的云，唧唧喳喳飞过的鸟，时有时无的风，轻轻吟唱的芦苇，欢快奔腾的小溪，它们都只能看着他们在爱的海洋里自由地航行。

从前，他们在一起时，要时时担心别人的偷窥，关好门窗，拉上窗帘，连说话的声音都要细细的，房子的隔音效果太差。如今，在这片广袤的田野上，一切都是公开的，令他们格外自由舒畅。

整个上午，他们都这样待在一起，拥抱、抚摸、依偎，即使什么也不说时，相互凝视，都那么令人激动。她想，要是在这里建套房子，两个人就生活在这里，多好！

他说：“在这里生活？不会吧！要去哪里找水？要去什么地方生火？连柴米油盐都弄不全，甭说洗澡、睡眠了。”

是的，这些问题都解决不了，如何生存下去？

她被他的话提醒了，想想也对。要吃饭，要穿衣，要求学，要工作，这里怎么会是天堂呢？

他说："如果这里好，人们为什么偏偏要向高昂房价的城里奔？"

原来，这里的美妙，不过是他们现在浪漫爱情需要的，他们不想别人打扰他们的清静，不要说长久，即便几天，也会发现这里的不合时宜。

两个人的世界，在爱情里是美妙的，在现实生活中，就有点浪漫过头了。爱情的甜蜜令人暂时忘记了肉体的吃喝拉撒，而肉体需要的是周到的服务，稍稍怠慢，就会令爱情的甜蜜大打折扣。

为什么爱情总是甜蜜，而婚姻却令人丧失激情？因为爱情活在幻想里，婚姻回归了尘世。两个人相爱时，大概不需要世界的，最好的空间都是被两个人塞得满满的。不过，回到生活中，两个人解决不了所有的事情，无论多聪明的人，都需要更多的人相互依靠。那么多的人，各行各业，高尚的，低贱的，卑微的，风光的，组合在一起，才成为这个多彩的世界。所以，爱情的幻想，惟有两个人的世界，只能在想象里浪漫一回，终究不适合放在婚姻里去实践。

## 伞下的爱情

一把伞，两个人。

天空飘着雨，伞下的世界却是一片晴空。

漫天遍地的雨，夹杂着风，侵袭过来，因为有了伞，所以这世界有了可以遮挡的天地。

有时，是细雨，如牛毛，如针尖，飘飘洒洒，伞似乎是诗意的点缀，浮在两人的头顶，放眼望去，满世界的雨，唯有他们两人置身世外，烦忧、忙碌、琐碎，都随着雨水滚落而去。

他撑着伞，喜欢把伞偏过去，向她那边多移一些。他怕她被雨打湿，那伞偏过去，就绰绰有余地遮挡了雨水，看着她明亮的眸子，干净的衣衫，他就觉得这世界只剩下他们两人了。

她不想独占这把雨伞的空间，一偏过来，他就有半边身体露在了雨中，衣衫就会淋湿。她娇嗔地让他扶正了伞，他装作顺从，一会儿，又移了过来。

他怎么忍心她受雨水淋，他又如何舍得她柔弱的身体被冷风袭？他把伞更多地偏过来，挡着她头顶天空肆意的雨水。

她夺了他的权，把雨伞擎于手中。他笑，你这样多累啊！是的，她的个子比他矮多了，需要高高的伸出手臂，那把伞就遮住了他的头顶。

这幅画面不由令人想起作家冯骥才的作品：《高个子女人和她矮个子丈

夫》。那个习惯了高高地举起手臂撑伞的男人，忽然有一天她不在了，还是习惯性地高高举起伞。那把伞为爱情举着，也为心中的情感举着，他习惯了那个姿势。

如果，伞一直那么公正地举在中间，从不曾移动过，无论刮多大风，无论落多大雨，那么这份爱情一定缺少一份真挚，也许两个人只是生活在一起，两颗心却从不曾心心相印过。否则，又如何能让那把伞如此正直地挺立？

如果，那把伞从来都是偏离了站立的身姿，习惯性地斜向一边，却从不曾被纠正过，那么心安理得地接受这份倾斜的爱，怎么想，都是不够完美的爱情。付出，从不奢求回报，却不能不接受爱的反馈。

如果，伞下的人，一个衣衫整洁，一个湿淋淋的能滴下水来，纵使有再多的爱情，也有淋湿生病的时候。也许，那个安然享受的人，根本就不在意别人的关心，付出也是枉然。

……

在风雨中，你撑片刻伞，向她移过去，她获得晴朗的天空；她转过身，拼命夺下伞，踮起脚尖，也要为你撑起伞，还要为你遮挡雨水。就这样，你与她这么来回地变换，每个人都想更多地关心对方，把自己置身于雨水的世界。苦难，愿意留给自己承受，只是想给对方更好更从容一些的生活。

一把伞下，两个人都是湿淋淋的，谁都没有躲得过风雨。也许，这样的爱情，才是最完美的爱情。心里装着对方，就会为此付出，且愿意同甘共苦。雨伞遮挡的不是身体，是一颗彼此关照、疼爱的心灵。

# 往事随风

　　就凭他的一句话,她就抛开如云的追随者,心满意足地与他牵手走进了婚姻的殿堂。许多人有的,他没有;许多人能给她的,他也没给。但是他那句话着实令她动了心,"我别的什么都没有,我只有一颗爱你的心,如果你嫁给我,我会用爱的心灵温暖你一生一世。"有这句话足够了,她仿佛透过时光隧道看到了幸福的未来,过着那种平淡而充实、满足的日子。

　　婚后,她成了那种小鸟依人的可爱小女人。而他也兑现了他的诺言,宠着她、爱着她,小日子过得温馨而又浪漫。她在家料理家务,他在外打拼事业。可是,幸福就像昙花,开过之后就要萎谢了。问题是她对他从不怀疑,一点点的怀疑都不曾有过。忽然的,没有任何预感,他那天说要和她离婚,她怔了一下,就对他说:"你开啥玩笑?会伤感情的!"说完还佯装生气地拎了一下他的耳朵,他不反抗也不说话。晚上,她想要他的温存、缠绵,可是他没有,连衣服都未脱就睡下了。一根针,狠狠扎在她从不设防的心上。

　　第二天,他就去法院起诉和她离婚。最大的伤害是最相信的人在忽然之间没有任何预兆地欺骗了你。她的心先是痛,后来就麻木了。泪水都没有。

　　法庭上,他很绝情地再次欺骗了她。所有的财产、存款都被他转移走了,她拿不出任何的证据证明自己真实的话语。如果可以,她很想用一把锋利的尖刀刺进他的胸膛,然后看看他的心是怎么渐渐地转变的。经过阵痛后,她唯一活着的念头就是一定要好好地活下去,超过他然后再快意地去惩罚他。她要向猫戏耍老鼠似的，一点一点地折磨他才过瘾。她对他的恨超过了当初执着的爱。

她不是那种没能力的人，只是没有出去打拼罢了，通过她的努力，她的日子一天天好起来。她很快有了自己的店。二年后，又有了自己的小厂。有一次，她发现他在一家工地上做小工，样子很是落魄，她那要复仇的快感竟然莫名地少了几分。过后，她就把他的样子给忘了，一心去做自己的事。奇迹总会在极端勤奋的人面前展现，她的产业如雪球一般翻滚，越来越大。她有了自己的规模不错的公司，还有名车、别墅。

有一次在大街上和他相遇，她故意把车开到他身边停下了，他竟怯怯地避让开了，那种懦弱、那种卑微，她很失望，她手中举起的"刀子"竟找不到下手的地方。她不喜欢面对弱者施虐，那爱、那恨、那仇慢慢地随往事一起风化了。她想起以前的那种痛彻心扉的感觉竟然恍若隔世，是看的电影还是做的一个梦，只存留在渺茫的潜意识里。惩治背叛者最好的方法，就是超越他，比他更滋润地生活，然后让往事随风而逝，不留一丝痕迹。

## 鲜花的根部

在当地的晚报上，我经常读到茹兰的文字，我喜欢她文字里四处洋溢的阳光明媚、积极向上的气氛，许多话语都被我当作警句摘录下来。读茹兰的文章多了，就可以从她那些文字里嗅到她心灵的踪迹，我在心中描摹出她大概的轮廓，青春、美丽、健康、活泼，性格恬静，话语智慧，她在我内心里就是完美女性的代表。

那时，我正处在失意与彷徨之中，工作环境艰苦，努力付出没有回报，生活没有目标，整个人好像一叶没有航向的小舟，在漩涡中不停地打转。我把自己内心的苦闷与彷徨写在信中寄给了茹兰，也许只是一种发泄罢了，信寄出去后心情就平静多了。让我感到惊喜的是，不多久，我就收到茹兰的回信，字迹俊秀、飘逸，就像她在我心中描绘的那般洒脱、美丽，她耐心地劝慰我，为我鼓气，还把她新出版的作品赠送给我。

此后，我更加关注她的文章，我希望能从她的文字中读到她更多的信息，然而，她在作品中却对自己涉及不多，关注的是更广阔的社会与底层生活的百姓。她的文字里依然流淌着爱与温馨，就像一朵盛开的鲜花对阳光充满了感恩。

那天，我去拜访茹兰，顺着信上的地址一路找下去，在一幢灰色的老楼房里找到了茹兰，面前的桌上摆放着一台旧电脑，她坐在轮椅里微笑着向我打招呼，长发、大眼睛，相貌极为普通，除了眼神里闪烁着曾经熟悉的自信，她与我想像的模样大相径庭。然而，仅仅是在瞬间，我就被她热情、智慧的话语感染了。

茹兰，12岁时因一场突如其来的车祸而导致双腿残疾，只能在轮椅上度过，读至初中毕业后无法再继续学业，因为身在农村，残疾的她无法翻越大山的包围去更远的学校。但是她不敢想像自己就要这样在这片狭小的地方生活一辈子，她开始自学，她倔强的个性为她燃起希望之火，没有了双腿，却拥有健康的大脑和双手，她希望能用自己健康的头脑栽种出智慧的花朵，从此，她让灵性的文字在洁白的纸上舞蹈，这让她找到了自己的方向。物质的贫困并未吓倒茹兰，她用想像为自己安装了一双会飞翔的翅膀，一步步地从乡村走出来，她有了电脑，有了自己在城市生活的空间，更让人敬佩的是从她灵魂深处流淌出来的文字不仅征服了各大报刊的编辑，也赢得了诸多读者的青睐与肯定，这让她旋转的舞台越来越宽广。她的名字，伴随着她的文字一点点地绽放在读者的心头。

茹兰，让我想起了那些争奇斗艳、芬芳四溢的鲜花，在她们美丽开放的时候，根部却深深地扎在黝黑的土壤里，落叶、臭肥都是最好的营养。我想：那些像鲜花一样盛开在社会上的名人，他们的根部往往深藏着痛苦、忧伤，只是他们把这些经过发酵、酝酿后当作营养吸收掉，才会站在肥沃的土壤里开出艳丽的花朵来。

## 鲜花与爱情

　　她是个很喜欢浪漫的女孩子，开一家鲜花店，店铺不大，在城市繁华的一个角落里，她给鲜花店起的名字很有趣：鲜花与爱情。好像鲜花在世间就是为爱情而绽放的。

　　来她花店买花的多是情侣，不知是她给顾客做了定位，还是这里的人更相信她的"鲜花与爱情"的捆绑，有了鲜花就有了爱情。

　　一对年轻的小情侣进来，选花，男孩子的目光在一大簇花丛中搜寻，他在找什么呢？女孩对身边的玫瑰一见钟情，眉目含笑，指点男孩子看玫瑰花。男孩子有些迟疑，嘴里说着，"买吧！"可他掏钱的速度明显地慢了半拍。她就明白，这是一对大学生，男孩子想浪漫没钱呢！她就说："玫瑰不贵的，买一枝吧！一心一意。"男孩子笑了，女孩双手小心地捧着花，像是捧着一大簇鲜艳的玫瑰。她没有赚他们钱，看到他们手挽着手走了，有些羡慕，真好！

　　一对恋人进来，女的看中篮色的玫瑰，男人说："买吧买吧！多拿些。"她就把九枝蓝玫瑰扎在一起，又做了一个美丽的造型，男人掏出一叠大钞，递给她，而后搂着女人走出店门。女人不时地说笑着，男人被挑起了欲望，在她脸上不停地啄起来，女人的笑声咯咯地在空中荡漾。九枝玫瑰，她赚了一半的利润，不过，她觉得没有多少快乐。

　　一个半老的男人，挽着一个妖冶的小女人，在她的店里寻觅，寻觅心爱的花。小女人搜寻半天，问她："有白玫瑰吗？"她说："不巧，刚卖完了。"其实她刚进了货，还没来得及摆上柜。她看着老男人和小女人，觉得他们之间的感情很难配得上白玫瑰的清纯，多少钱也配不上。老男人说："怎么办？已经找了这么多的店了，都没有。"妖冶的小女人撒娇地说："那你就预订么！"老男人掏出钱，问她："白玫瑰怎么订？"她微笑着说："真是对不起，最近白玫瑰缺货，你到别的地方看看？"老男人不满地拉起小女人的手，临走还丢下一句，"什么鲜花店，连白玫瑰都没有。"他们刚走，她就把白玫瑰摆上了柜。

一对花白了头发的老夫妇走进了鲜花店，他们大概是第一次进这种店，男的指着那些花却叫不上名字，老伴也不自然地瞧着满店的花，不知该买些什么。她上前问："老伯，你们是纪念什么珍贵的日子吗？"男的说："是啊！今天是我们结婚50周年，我想给老伴送上鲜花，可是，我们买些什么花好呢？"她明白了，对他们说："买玫瑰吧！玫瑰是爱情的象征。买11枝玫瑰，象征你一生一世只爱一个人。"老伯笑了，"好吧！"老妇手捧11枝玫瑰露出了今生最美的容颜。她想，这对老夫妇真是一道风景，就像歌里唱的，一直老到走不动了，还是那么喜欢你。想到这里，她就觉得这是多么美的爱情啊！

有一回，一个中年男人来买花，送给他已逝的夫人，那天是情人节。当她听到他的解释后，还额外地奉送了两枝，代她献给逝去的她。她觉得，这个女人真是幸福，走了多年了，还有人惦记着，这才是真爱。

玫瑰与爱情，鲜艳而纯美，是人间多么令人景仰的风景啊！然而，有些人，对待爱情就像购买的鲜花一样，以为掏出大把的钞票就成，购买的真真是俗不可耐没有灵气的花。有的人只买一朵，仅仅一朵，就可以在心头绽放一生一世。那仅仅是鲜花吗？不，那是心灵绽放出的馨香花蕊。

## 杏子熟了

地里的麦子开始黄了的时候，树上的杏子也渐渐地褪去了青色的衣裳，渐渐地黄了、红了，小院的角角落落都弥漫着香香的、甜甜的杏子味儿。奶奶就把椅子搬到了杏树底下，看管得更严了，那些调皮的孩子再眼馋也甭想得手。

我曾经趁奶奶不注意偷偷摘过青青的杏子尝过，又酸又涩，并不好吃。咬了一口就吐了，未吃完的青杏子还要偷偷地扔到奶奶看不着的地方去。可当杏子香味开始四处飘的时候，我的口水还是忍不住地流了下来。

麦子收割完后，杏子就全熟了，枝头上黄透了的杏子掩映在青绿的叶中，微风掠过，那些杏子就像是村子里到处可见的顽皮孩子从村巷里探出头颅，煞是可爱。采摘杏子时，父亲先把脱过粒的麦秸均匀地铺在树根的四周，展开比树冠还要大的麦秸圈子，然后爬上树枝头，用力摇晃树干，那些杏子就像密集的冰雹纷纷落下来，我会负责看管，不让孩子们来抢，原来玩得挺好的小伙伴也不例外。

待到父亲从树上下来，把麦秸里的杏子捡起来。奶奶就会把摔裂了的杏子放在一边，待父亲把装好的杏子运去城里卖时，奶奶就会挪着她的那双小脚，把留下的杏子分成许多份，村里有孩子与老人的人家都会送上一份。此刻奶奶就会絮絮叨叨地说："这杏子只有到了熟透的时候吃才有味儿，青果子摘下来是不能吃的，偷偷地尝了也只会满嘴酸涩，白白地把果子糟塌了。"

长大后，我有时回味奶奶的话，越咀嚼越像那四处弥漫的杏子味儿，香香的、甜甜的，伏在喉咙的四壁里向上窜。当我回忆奶奶看管杏树的一幕时，已是大学教授的姑姑竟然不断地讲奶奶的话是多么有道理！我不解地问姑姑："奶奶不识一个字，她还能比你有水平？让你这样地感叹？"

姑姑对我说："娃子，你不懂，你奶奶的话不是有知识没知识的问题，她讲的是她人生的经验。而有时人生的经验比只有知识的说教更令人受益。"姑姑娓娓向我道来她的青涩的初恋，18岁的姑姑爱上了邻村的一个中学教师，奶奶苦口婆心的劝说并未能打消年轻的姑姑的念头。奶奶就像她看管杏子一样把姑姑那颗渴望爱恋的心看管了起来。奶奶只是不停地给姑姑说一句话，这杏子没熟时不能吃，青涩的味儿会让你后悔的。

年轻的姑姑不仅人漂亮、而且冰雪聪明，她那颗为初恋萌动的心被奶奶看紧后就一心去学习了，她后来成了我们村里唯一的大学生。奶奶就像看管她的杏树一样盯着姑姑，直到她真的长大、成熟了才放心地让她脱离枝头。

奶奶看管杏树很严，她不是怕孩子偷吃，而是怕他们糟塌了好不容易生长出来的果子。那青涩的果子摘了也不能吃的，何必去摘呢？奶奶像看杏树一样看管自己的孩子，是怕他们在青涩的时光尝了青涩的滋味啊！苦涩的滋味会让人一生都懊悔不及的。

如今，奶奶已离我们而去，老家附近那几棵杏树也早已被毁掉，可奶奶看杏树的画面已经烙印在下一代人的心中。在我们面对诱惑时，总会想起奶奶那句平凡的话语：这杏子没熟时不能吃，青涩的味儿会让你后悔的。青春年少时要多点忍耐啊，让我们在果子熟了时再去采摘品尝吧！

## 永远有多远?

女人问:"你会永远爱我吗?"

男人笑着说:"当然了,傻瓜。我永远爱你。"

他们是真诚的,女人问得执着,男人回答得坦荡。

如果没有那场意外,也许会爱一生一世。然而,女人36岁那年,因为难产而离开人世。

不久,男人就与另一个女人走到了一起。

他们只相爱了11年。倘若,当年男人回答女人说:"我只爱你11年。"这大概是令她难以接受的。然而,现实就是,他们的爱情只维持了11年,因她的离开,而结束。

永远有多远呢?

永远就是活着时能真切地感受到的时间。

如果,女人说:"在我活着时,你要永远爱我。"那么,他们的爱情是完美的,双方实现了诺言。

现在,男人的承诺就有了问题。女人不在,他即刻改变了承诺,没有人指责他的做法有错,不过,终究是欺骗了爱情。

买一件新衣,除了款式、颜色、尺寸外,还会关注它的质量,能穿多久。似乎是时间越长越能打动购买者的心。售者言之凿凿,5年不会出现任何问题。其实,买回来,穿上三五次,就被打入深宫,再也没有受宠的机会。

下一次，依然以此为标准去购买。

很多时候，人们喜欢追求永远，其实，永远是很脆弱的承诺。故乡是永远的家园，当一切都被拆迁，所有风景不再，旧日相识也已远去，物是人非，哪里还有永远？

水流永远从西向东奔腾不息，有一天，水之源枯竭，还会有永远奔流的景象吗？即使在今日，南水北调，水流也改变了方向。

几个要好的年轻人，在一起畅谈未来，要做永远的朋友。不几年，求学的求学，就职的就职，参军的参军，也有移民出国的，各自有了新的生活圈，联系日少，终至了无音讯。

"钻石恒久远，一颗永留传。"就是抓住了人们追求恒的心理，把石头卖得比黄金还贵。

永远也是有年限的。

一棵草的永远，是一年。一岁一枯荣。

一个动物的永远，是生命的终止。

……

那么，我们不要期待漫无边际的永远。活着时，就好好地享受；拥有爱时，就去珍惜。不要期待地久天长，海枯石烂，地球负担不了那么多沉重的永远。

# 有一盏灯为你而亮

新婚时，他总因为加班而迟归，她就一个人在家里静静地守候。他舍不得她太辛苦，就劝她早点休息，不必每天都等他。她莞而一笑，"我愿意！"

他觉得她真好。他刚进家，她就迎上来，为他放好热水，洗去一身疲惫。他习惯了她的等候，要是某天她不在家，暗暗的楼道，悄无声息的家，漆黑一片，他就会觉得非常失落，仿佛走错了地方，曾经的熟悉变得陌生。

家里那盏灯，远远地亮着，让他觉得那是一种召唤，一种温情。每每夜班回来，窗口的灯光给他一种幸福感。那天，他们这个小区停电，外面狂风暴雨，漆黑的城市张开巨口仿佛要将他吞没，他踉踉跄跄地奔到小区，远远地就发现了窗口有一盏灯亮着，尽管微弱，却散出万丈光芒，给他在夜色里照亮回家的路。那是她用蜡灯燃起的亮光。

她告诉他，外面狂风暴雨，忽然间这片城区断电，她暗暗地为他担心，回家的这段路没有光亮，将格外难走，尤其是进入小区，虽然是熟悉的环境，但没有了灯光，就像进入了迷宫。她一直为他燃着烛光，一支接一支，直到燃亮第3支，他才回来。

他明白，她一个人枯坐灯下，没有消闲的剧情，痴痴地等他归来，她就是他心中那支不灭的烛光啊！

后来，他晋升了，有一段时间，他没有加班，每天按时回家。那段时间，他们格外幸福，两个人一起进餐，一起做家务，边聊当天的趣事，边规划家庭生活，好久没有这样的温馨时光了。

幸福的时光过久了，就找不到幸福的感觉。每天都是这样平凡的日子，他再感受不到以前加班晚归时，远远地看到窗口灯光散出的温馨，也没有了对她的细心与体贴。

有时候，他会找借口，说是陪领导赴宴，迟迟地在外滞留不归。她一点都不怀疑他，她相信他的一切话语。当他在外面花天酒地，她又燃亮了那盏灯，开始了静静的守候。

他有了权力，身边围绕着太多的青春美貌女子，有的是想沾光，与他相识相熟，讨点好处；有的深谋远虑，想方设法靠近，想利用他的权力圈占更大利益；有的是被别人潜伏在他身边的西施，既探听信息，又拉拢了他的心。这些美貌的女子用近乎献媚的手段，让他内心的欲望迅速膨胀。

有时候，他不再回家，开始还找找借口，怕她多虑，后来就丝毫不当回事，她若问起来，随便一个理由就搪塞了她。他在外面风花雪月时，她一个人静静地守着那盏灯，孤单的身影令她渐渐苍老，而他停留在她身上的目光越来越少。

有一天，他又去一个年轻美貌的女子那儿，却敲不开门，打手机也不接。这样的情况令他恼怒却又无可奈何。他怎么也想不明白，曾对他百依百顺的女子，为何瞬间抛他于身外？

另一个女子，与他缠绵之后，向他提出需要一笔巨款。开始，他以为她开玩笑，她却一本正经。他不傻，利用手中权力弄些小钱尚可，那么大一笔巨款，要冒非常大的风险，为她，有些不值。

他就婉拒了她。

令他想不到的是，她居然以向上举报他利用手中权力做了许多非法事件相要挟。这令他非常恼火，却又毫无办法。他无论如何也不能满足她的私欲。

她果真实名举报了他，事事属实，证据确凿，他被判处5年有期徒刑。身边的甜言蜜语与青春美貌的女子全部消失，他觉得是罪有应得。

他此刻想起年轻时她在窗口守候的灯光，觉得自己真是荒唐与无耻。他想，她要是能来看看他多好啊！转而又想，怎么能要求她这样大度呢？她怎么会不恨他呢？

她果真没有来。一个月，两个月，三个月，半年过去了，她托人捎来一封信。信上说：

"我本想来看你，却无法迈出沉重的脚步，虽然有些自责，决定还是不来。不过，家里那盏灯还会为你亮着，我还是每晚为你守候，直到你归来。

你还记得那个狂风暴雨的夜晚吗？那样的漆黑，你都能找到家，大概现在的你也可以找到回来的路。"

他的心一热。她真好，她还在窗口苦苦守候，他的心中又亮起一盏灯，他相信她会一直守候到他归来。

# 这些都不重要

追她的男孩很多，她想找个如意的，在这些追她的人中，他是最有实力，也是对她最为殷勤的。

男孩子有自己的企业，事业正在逐步上升阶段。

男孩子外表英俊，气度不凡，谈吐优雅。

男孩子对她呵护倍至，甚至百依百顺。

她的闺密都说，她找到了真命天子。

她也觉得他人很好，有实力，有才气，有理想，有进取心，重要的是，对她也非常关心、呵护。

在别人对房子、车子孜孜以求时，他都已经有了，还缺什么呢？

她是满足的，除了物质上的满足，还有他对她理想的支持。

他们很快就谈到了结婚，新房的装修式样都是按她的要求布置的。

最后，她和他商量，婚后，她想把妈妈接来住。

她从小就是单亲家庭，妈妈一个人拉扯她长大，她知道妈妈是多么地不容易。那些日子里的风风雨雨，唯有妈妈一个人去搏击，也唯有她明白妈妈的坚强与艰辛。

后来，妈妈在一次外出时遇到了车祸，被截去双下肢。从此，她只能与轮椅相伴。

经过多次商量，他勉强同意把妈妈接来。但是，他提出要求，让妈妈单独住一套房，他不在乎再买一套房子。

她说："妈妈一个人住，不方便。"

他说："可以请一个随身保姆，不在乎那点钱。"

她说："妈妈那样会很孤独的。"

他说："你可以经常去看她。"

她说："妈妈希望与我们住一起，这样更好。"

他说："那样，我就生活得不方便了。"

她内心有隐隐的不快，但是，她还是忍了。人不能太贪，他已这么好了，还能再要求什么。

后来，他们确定了婚期，把妈妈接过来。妈妈住进了她自己的房子，有一个贴身保姆照顾，她也会不时地去看望妈妈。

那天，他们去准备拍婚纱照，她特意把妈妈带上，让辛苦了大半生的妈妈看看女儿幸福的开始。

她推着妈妈的轮椅，他跟在后面，若即若离。

途中，遇到他一个朋友，聊了几句，她在一边等他。

他的朋友问："那是你女朋友啊？"

他答得爽快，"是，是的！"

她在等他介绍她妈妈，可是他没再言语。

他和朋友分开后，她说："你为什么不介绍一下妈妈给朋友？"

他默不作声。她何尝不明白，他不喜欢别人知道他的岳母是这个样子的，他甚至从未呼过岳母，对她视而不见。

本来，他们是去拍婚纱照的，可是她却停止了他们之间继续往婚姻之路的脚步。

那么多的朋友劝她，"你疯了吗？这么好的男友不要！"

她说："他是那么好，可是这些都不重要。我只希望他能在众人面前像介绍我一样，介绍一下，这是我们的妈妈！这就足够了。"

爱一个人，不仅是爱她（他），还要爱她（他）的家人，把足够的尊重与爱都给他们。

# 珍珠项链

丈夫出差时，给琳买回一条珍珠项链。光滑圆润的珍珠一粒粒地串在一起，串成一个美丽的圆。挂在琳白皙的脖子上，更添了妩媚。

琳很爱惜这串项链，常向她的小姐妹炫耀。那些光亮的珠子，就像是丈夫动情的话语，时刻贴在琳的耳边。没事时，琳就会拿出那挂项链，细心地擦拭。捏着那一颗颗美丽的珠子，琳好像摸到了丈夫那颗爱她的心。后来，丈夫也给琳买过其它的物品，可是都没有这条珍珠项链给琳带来的快乐多。

时间过去了多年，琳依然对那串项链情有独钟。每遇到她认为有意义的场合，仍会拿出那条项链戴在脖子上。可是，物是人非，岁月已经带走了琳的青春风华，那些与丈夫恩恩爱爱的时光就像项链上那一颗颗的珍珠，一粒粒地从手下拨过去。琳想挽住时，却不知从哪一颗算起。究竟哪一颗是他们最初的开始呢？

那天，琳陪丈夫去参加一个舞会。看着丈夫在舞池中翩翩起舞的风姿，琳心里有着说不出的感觉，尤其是当那些年轻的女孩子紧紧地挽着丈夫的腰肢时，琳好像感觉到了什么。回家后，琳忍不住向丈夫发火，丈夫有些莫名其妙。怎么了？丈夫哪里能懂琳的心思呢。原本那些翩翩起舞伴着丈夫的人应是琳啊，可是现在却让那些年轻的女孩子替换上了，琳心里就非常不痛快。

　　争吵，在爱情渐渐地褪色的婚姻里成了家常便饭，一切话题都可以成为吵架的导火索。琳知道，她现在只有紧紧地抓住丈夫，不能失去他，失去了丈夫就失去了生活的一切。可是抓得越紧，似乎越抓不牢。原来两个人很随意，可是心却靠得很近，现在琳总是想方设法去搞清丈夫的心思，却越来越糊涂。

　　那天，琳独自一人在家，她又拿出那串珍珠项链，想像丈夫与她恩爱的日子。当她想再一次把项链链戴在脖子上时，刚准备套上脖子，可是项链却忽然散落了，那些珠子霎那间滚得到处都是。墙角、沙发下面，垃圾筐里，甚至看到有几粒珠子蹦到了门外面，琳手里捏着的只是一根朽坏了的线。

　　到现在，琳似乎才明白：那些光滑的珠子，是需要一根结实的线穿着才会连在一起的。而当珠子好好地串着时，就应该检查一下线是否还结实。如果先换掉项链上的线，一切还是可以和从前一样。而当线断了再后悔已经迟了。那些蹦落的珠子就是生活中的一个个精彩的细节啊，随着线的断落，早已散失在生活的角落里了，到哪里去寻找呢？

　　琳决定趁早给自己的婚姻换根结实的线，把那些珠子串好，以免丢了就再也寻不回来了。其实，那根线就是维系每一对夫妻的情感啊，只要情感在，所有的珠子都可以重新串上，如果情感没有了，再美丽的珠子也无处可系，只能任它散落在生活的尘埃与角落里了。

# 走过冬季就是春天

朋友丽的婚姻走进了死胡同。男人外面有了情人，非要同她离婚，而丽一直为家庭牺牲着自己的爱好、未来，如今男人一下子甩开了她，而且绝情地把所有财产分割清楚，连一点补偿的想法都没有。丽心里无法接受，决定同他拖着，死也不离。

男人一再起诉，丽一再向法官哭诉。法官同情弱者，一再维护丽，判决不离。反反复复，伤心弥漫在她的心头。

日子就这样艰难地过着，公婆对她不理不睬，男人分文不付给孩子生活费，家里没了男人的支撑，就像少了支柱一样，处处是危机。可怜要强的丽苦苦支撑，一边拼命工作，还要打短工赚钱，一边还要负起教育孩子的使命。没人管束的孩子常惹是非，丽感到身心俱疲，可一想到男人的绝情，就气不打一处来，心里恨恨地想，你不让我好活，我也不会让你好过，就这样拖着你。

那天见到丽，我有些惊讶，一直清纯娇艳的丽如今憔悴而又黑瘦，双眼无神，疲惫至极的样子。她像祥林嫂一样见谁就哭诉她痛苦的婚姻，而后坚决地告诉人家："不离，说啥也不离，看谁能耗过谁。"

看着原来娇柔可爱的小女人变成了一头受伤的小狮子，我的心感到隐隐地疼痛。劝说是无效的，她已经深陷痛苦的泥潭中，只有她自己才能解救自己。选一个阳光明媚的日子，我邀请她去了我们共同的朋友雯那儿。雯离婚刚满一年，早已从严冬中走了出来，当丽见到雯时，好像被什么震动了，呆呆地立在那儿。雯热情地走过来拉着丽的手，和她一起坐下来谈心。看着雯一屋子明媚春光，丽似乎懂得了什么。

婚姻是两个人的城堡，为相爱的人遮风避雨，可是当感情破裂了，四处裂缝、支离破碎时，死死地守着这个破旧的躯壳还有何用处呢？除了给受伤的心灵罩上无边的阴影外，还要承受风雨的侵袭，不如迅速离开这个破烂的躯壳，重新搭建心灵的巢穴。

因为有爱，婚姻才充满了温馨，如果爱的城堡破碎了，冬天凛冽的寒风将从缝隙里无情地灌进来。留守在破旧的婚姻里，折磨的是自己，痛苦的是自己，快速走出去，迎接你的就是明媚的春光。走过冬季就是春天，我们不该死死地守着苦难绝望不放。

# 租来的生活

大学毕业后，我来到现在谋生的这个城市。我从众多谋职者中脱颖而出，得到现在这个单位招工者的青睐，我得以签下三年的用工合同。我心里明白，单位租用我三年时间为他们劳动，我也在出租自己的三年中得到了应得的报酬，用来支付我眼下生活的必须。我为自己再也不用向苍老而又贫穷的父母伸手而暗自欣喜。房子是租来的，远在郊外，从窗户可以看到青青的麦苗，甚至有流窜的狗与奔跑的鸡，但是我再也不用担心置身乡村之中，我每天工作的方向是奔赴城市繁华的所在。

后来，女友不愿与我两地分居，义无反顾地投奔我而来。她说什么也不愿住现在这个鬼地方，她撇着好看的小嘴说："这哪是人住的地方。"我佯装生气，难道我不是人吗？女友朝我做了个鬼脸。

刚刚好转的经济，为了重新安个漂亮的小窝，又恢复了拮据状态。我知道，现在这所漂亮的房子，仍然不属于我们，只是我们用钞票暂时租来的，让我们可以在其中住上一段时间，时间的长短根据我们付出的经济代价多少来决定，一年或者二年。

女友和我不一样，她这个新潮一族想要紧紧跟上时代的潮流，可是我们缺少的是钱，怎么办？租吧！电脑是租来的，冰箱是租来的，就连我们经常看的书与碟都是租来的。物质生活在瞬间极度丰富起来，可是每月辛苦所得的薪水大多付了租金。有时哪里超出了点预算，就会捉襟见肘，这时我们两人往往会面对现实叹气或者争吵，租来的物品让我们在短时间内感受到幸福与快乐，可是这些东西的产权毕竟不属于我们，内心里时时有一种危机感，缴租金那刻好像过一道关卡，刺激着我们的尊严。

女友有时候会厌倦这种日子，自言自语似的问我："我们什么时候才能结束这种生活呢？"我知道女友想要一套属于我们自己的房子，一个属于我们自己的家，不必担心别人来打扰，也不怕别人来收房租。可是我们两人每月的薪水加在一起还不到三千，生活已让我们丢掉其中的一半，还要给父母一点生活费，还要对付不时冒出来的人情消费。虽然新建的楼盘如雨后春笋，可没有哪一幢是属于我们的啊！

理想与现实的距离总是很遥远。女友往往会在对我们未来的生活感到失望之际，又有点无可奈何地发着感叹：我们单位的头儿婚姻挺好的，不知为什么说散就散了。好像房子的租期到了，说搬就搬走了。我的心猛地颤了一下，女友的话深深地撞击了我的心。我们每个人喜欢的是自己的灵魂，可是不得不为躯体而四处奔波、劳累。是不是身体这个躯壳也是我们灵魂租来居住的房子呢？60年、70年，抑或80年，或者更多，一旦租用的日期到了，灵魂就悄然飞奔离去，再也不受物欲所累。

# 这就是爱

他们的婚姻进入了第三年，就平淡如水。

当初，他们曾是那样的爱啊！她的情感浓烈似火，他的爱也如岩浆喷涌，所以，虽有那么多的人反对，他们还是走到了一起。

是什么偷走了他们曾经的爱呢？是岁月吗？是婚姻吗？是琐碎的生活吗？

没有一个明确的答案。但是，她现在再也感觉不到他对她的爱。或者说，他的爱没有以前那么深沉、浓烈了。

她是一个对爱执着的人，没有爱的婚姻，还有何益？

她和他商量，是否分手？

他沉默。

这不是沉默可以解决的事。她追问他的想法。

能说什么呢？他有不忍，有不舍，可她一再相逼，如何证明爱能像最初般鲜艳？

他回答过她，也和她细细谈过，这都与她要的不一样。他给的答案是单薄的，冷漠的，她这样觉得。爱若还在，就是热切的，浓烈的。

他不忍她痛苦，可也满足不了她索要的浓烈如火的爱。

他决定放手，给她幸福与自由。

他们一起去民政局办理分手登记。

一个主张要分，一个顺利应允，没有什么可调解的。签字、盖章，从此陌路。

他望着她，想和她说些什么，看到她正向外走，张开的嘴又闭上了。

她低头而行，脚步匆匆，浑然不知危险将至。一辆车在调头，忽然加速向她驶过来，她愣在那里，忘了躲避。他见了，奋不顾身，把她扑向一边，车却从他腿上碾过，当场晕迷。

她把他抱在怀里，泪水夺眶而出。

你这是何苦呢？

是啊，这是何苦呢？

从此，分道扬镳，两条铁轨。

然而，她在他的心中，还是原来的她。需要他好好地保护，需要他好好地爱。

她不明白啊，他那么平淡的神色，怎么会有这般汹涌的激情？

火山啊！不是每天都在不断地喷涌，它有一个周期，在活跃的期间，才会涌出那些高温的岩浆啊。

第五辑

因为爱，所以爱

# 长发女孩

他喜欢长发女孩。

他的心中一直有个梦想，将来的另一半一定要找一位长发女孩。穿一袭长裙，留一头乌黑亮丽的长发，风吹过，裙裾飘飘，长发飞舞，要多美有多美！

他很关注长发女孩，对她们会有莫名的好感。他会在心中默默地描绘着一个画面，有一位长发的女孩，与他结伴而行，就像一位仙女，给他的生活带来全新的感受。

然而，他的身边大多是短发女孩。一个个干净、利索，就像男孩子似的，他找不到那种怦然心动的感觉。

他在企业的车间里工作，和不停运转的机器一样，每天的工作如此重复，毫无新意。

企业里有规定，不能留长发。

女孩即使爱长发，也不得不去剪掉。长发与工作比起来，其重要性简直不值一提。

更为重要的是，长发会有危险。他刚进企业时目睹一位留长发的女工友，被机器卷走了生命。那个女工，有一头乌黑美丽的长发，她宁愿被企业里查扣工资，也不愿去剪发。一天，她在工作时，原本包扎好的头发，不小心落出一缕，就是这次不小心，要了她的命。那缕长发被机器卷了进去，一声惨叫之后，鲜血淋漓。

此后，企业里严格规定，要留长发就走人。

所有女工，短发、精干。

他是想要找一个长发女孩子的，看着这些短发的工友，他就没有一点感觉。

也有一些女孩向他示好的，他就佯装不懂，在她们面前嘻嘻哈哈的。

他一定要找一位长发女孩子做女友，他喜欢那长发飞舞的感觉。

后来，一位朋友帮他介绍了一个长发女孩，他一见倾心。细高的身材，乌黑的长发，圆圆的大眼睛，太美了。

他为喜欢的女孩舍得花钱，他也懂得讨女孩的欢心。

为此，他的工资只能节俭着花，要让女孩喜欢，就要给她买礼品啊！

可是，工资条上的数字太单薄了，显得轻飘飘的，不能够给女孩安全感。

那天，他忍着心痛的感觉，买了一大捧玫瑰，去找那个长发女孩。却再也没见到她，她悄悄地离开了。

他的收入满足不了她的需求。

这让他的情感天空阴暗了许久。

他不放弃最初的追求，一定要找一个长发女孩子。

功夫不负有心人，他还是找到了长发的新女友。

他们走在一起，会吸引许多路人回头。他很帅气，她很漂亮。

他比以前更精心地照顾女友，他期望能和她牵手进入围城。

他如愿以偿，娶了这个女孩。

只是，不到二年，长发的女孩又变成了短发。

她要工作，要照料家庭，长发太麻烦了，太难侍候了。

曾经有很多短发的女孩向他示好的，他没有心动，他要的是一个长发女孩，他也终于娶了长发女孩，只是，她还是变成了短发女孩。

原来，长发女孩也是需要一个男人来照料的。否则，生活中的种种琐事，就会让长发女孩剪去那一头漂亮的长发。

# 发现爱

　　他们是新进的员工，一起参加公司培训，一起接受锻炼。

　　他外表并不出众，在一大群新员工面前，是被掩盖的一个。她是一点点地发现他的，发现他是那么地与众不同。

　　培训活动密集，课程紧，每天都很累。唯有他，在最后结束时，收拾散落一地的器具，一一摆放好。别人能偷懒时尽量偷懒，他却一丝不苟，一个细节，一个场景，都认真对待。

　　培训结束，他理所当然地取得第一名的好成绩。她还发现他更多令人心动的地方，不由逐渐有了好感。

　　他对同事热情，见到每个人都笑意盈盈。他的微笑，是从心底涌出来的，不是脸上装出来的，所以，给人带来由衷的欢乐。

　　他乐于付出，做好自己的事，还肯帮助别人。身边的同事，多少都受过他的帮助。

　　她一点点地发现他的好，他的优秀。

　　一个原本普通的人，因为有了这些优点，就变得与众不同。他渐渐地在她的心中伟岸起来，像一个真正的男子汉。

　　那天，他们一起加班，下班时已近夜间10点。狂风呼啸，似动物尖锐的吼叫，惊悚、恐怖。他与她一个城东，一个城西。他送她。夜色笼罩大地，因为有他，她就有了安全感，有了温暖。他一直把她送到楼下，看她上了楼，才转身向另一个方向奔去。

他们一起外出学习，他照顾她，如哥哥般细心。

她的心，在他的关照中，一点点地偏移，向他靠近。

他很普通，可是，他却又非常不普通，他用自己的努力与勤奋，慢慢地区别于他人，开始在别人心中有了一份光芒。

仔细想想，那个令你决定牵手一生的人，是不是有很多优点打动了你？他在一群人中，表现出他的与众不同，从而让你芳心暗许。

# 放手也是一种爱

他们之间原是有爱的，经历了那么多曲折，才走到一起。

他是富家出身，她是一介平民。

他们牵手的时候，许多人都说她是灰姑娘变成了金凤凰，连她的父母也喜悦如莲。她内心虽有小小的不安，对未来没有多少确定的把握，但是在别人的羡慕中，还是充满了希望的，未来的天空至少不再阴暗。

生活完全不似她想象的那样，富裕的生活，也不似瞬间就可以享受的。她有时甚至无法适应目前的状态，而他是习惯了这样的生活，对她的惊诧状有点不可思议。

一种生活状态，是需要长久的时间养成的。一个人，从一种习惯进入另一种习惯，很难即刻调整好状态进入角色。一棵树，被挪了窝，还要养息一段时间才能生根发芽，何况是人？

她，就体会了他家人的不同目光，她能敏感地捕捉到。她害怕别人对她有过多关注的目光，却因为她处处显得拙劣的行为，引起更多人投注而成了焦点。

她感到委屈，感到压迫，感到窒息。

她想向他倾诉，却得不到他的理解，也得不到他半点怜惜。

她想不明白，他怎么可以这样对她？

他也想不明白，她为什么连这些日常的行为都这么稚拙？她的聪明哪里去了？

　　或许，他们之间的裂痕就是从此刻开始的。弥漫的裂痕扩散，遮盖在她的头顶，盘旋不去。

　　不能说他不爱她，当初，他是顶着众多压力，非要娶她的，他承诺的，都努力做到了。可是，当她进入他的家庭，却没有想象中的受宠与荣华，她就像一只偷闯进豪华住宅的小老鼠，在众人的目光下，找不到自己的位置。

　　她彷徨、纠结、郁闷、无奈。

　　她想改变这一切，却往往会发生新的过错。一只奢华的花瓶，她想小心翼翼地搬动一下，为这里打扫一下卫生，却会在小心翼翼中打碎花瓶。她想把珍藏的书画晒一下，却不懂那些东西不能直接摆放在阳光之下。

　　她不明白，即使是一个午后的慵懒呵欠，也透露出她与他们之间的距离。有时候，不是跨进一个门，就可以走进一个家。她睡在他身边，却觉得愈来愈遥远。

　　开始，他还会在众人面前维护她，给她一个台阶，久了，一切都习以为常。哪怕别人发出惊叫，他也只是莫不作声。

　　她不是没想过自己的处境，也想过若是离开现在的这个环境，会恢复正常。她与他聊过，可是他习惯了养尊处优的生活，不愿离开这个家，陪她去别处。他爱这个家的舒适甚于爱她。

　　她在内心有过无数次挣扎。离开他，离开他，离开就结束了这场噩梦。终于，她决定了，她要重启自己的生活，她不愿意这样胆颤心惊地过日子。

　　她的父母气，她的朋友说，她的亲戚劝，但没有人能挽回她的决定。他们都不懂她的心思，甚至，他怕也是不懂的。当她说出想法，他也只是淡淡地吐了一句，"随你吧！"。

　　终于，她又回到了自己的状态。她找到了自己的信心，也找到了自己的位置。那个家，再好，没有她的立足之地，又何必流连？

　　她是聪明的。有些东西，固然华美，倘若无法融入生命，就只能舍弃。为一个人，可以放下身姿，却不可以忘却自己。其实，放手也是一种爱！

184

# 画

　　苏州角直小镇，仿若世外桃源。小桥流水，青石板小路，溪水缓缓流过，清澈见底，游鱼历历在目。游人穿梭其间，也似水里的游鱼，成为一道风景。

　　建筑经了岁月的浸染，有了故事，也有了经历，与小镇的桥、路、水一起构成美丽的传奇。

　　一架紫藤长得活泼，把整个小溪拥在怀里，阳光斜射下来，洒下点点斑剥的光圈，炙热与绿荫交织纠缠在一起。

　　年轻的女孩子，一袭白色长裙，镶边的眼镜，文静地坐在溪水边，支起画架，在速写。老房、紫藤、小桥、溪水，连阳光与这里的气味也一起进了画。

　　她大概是美院的学生吧，喜欢这里的景致，喜欢这里的光阴，静静地坐在小溪边，一笔一笔地勾勒自己心中的风景，不需要临摹。

　　不远处，一幢小楼，青砖黛瓦，一扇打开的窗户，隐约可见有年轻的妇人在忙碌。她的笔，就把这些收入画中，楼内那位走动的妇人成为建筑的灵魂。

　　他行走在小镇，处处是风景。在绘画的女孩面前，却停住了脚步，这是一幅流动的画，时光如水一般流淌，植物在生长，人物在运动，溪水在流淌。

　　她在他的眼中就是一幅美丽的画，想靠近，又怕太唐突。驻足，观看，女孩子沉浸在小镇的风景中，也沉浸在自己的构思中。她心里有画，他的心里也有一幅画。

　　初夏时节，氤氲的气息飘浮着淡淡的香味，植物的果实，略显青涩，却也初具形态了，似少女的身姿，玲珑而有韵致。

　　他是这个小镇的过客，却被这份美震憾了。她一直生活在这里，对小镇有无限的眷恋。

　　她想把小镇的春夏秋冬都画下来，用自己的笔，用自己的心，画出自己眼里的小镇。

　　她的画里就倾注了爱，小镇的美丽与变化，会在她的笔下得到淋漓尽致的诠释。

　　他默默地凝视她作画的姿势，那也是一幅生动的画。

　　生命只是一个过程，若是截取一个片断，就是一幅画面。那个小镇，那个女孩，那里的溪水，那里的小桥，那里的紫藤，那里的小楼，那里的小路，那里的游鱼，那里的阳光，那里的风，那里的时间，都已走进他的生命，被定格成一幅画，包括他18岁的某一天，都被藏进记忆深处。

　　甪直，真美。小镇里那个画画的女孩，真美。青春时的记忆，真美。

# 街 头

他在街头，一眼就望到了她：还是那个样子，高高的身材，一束马尾挂在脑后，只是不像以前那样喜欢跳跃了。

他急急地走过去，站在她的摊前。她不认识他，以为他是来买水果的。招呼他，"要啥？"

苹果、香焦、波萝，也有龙眼、荔枝，他拿了两串香焦，又捡了一袋苹果。她麻利地称好，递给他，"38块钱！"她说。

他正在掏钱，又有顾客过来，她就去招呼别人了。

他仔细地端详了她，除了岁月的风霜在她脸上添了几条皱纹外，其它没有变化。

他们原本是同学，座位一前一后。那时候，她就喜欢扎马尾，头一摇，马尾一动，他偶尔还会用手抓一下，她会回头一笑，也不恼。

那些旧时光，在他的回忆里，真美好。

他们有好多年没有见面了。他大学毕业，工作，只隐隐听同学聊起过，她嫁了一位教师，日子过得平常。后来，丈夫生了病，孩子在读书，她原来的单位破了产，只好摆摊卖水果。

有同学见她过得困难，特意去看她，给她留些钱，她怎么也不要。他知道她最要面子，小时候就是这样。她不希望别人怜悯她，日子可以艰难，尊严不能丢。

他就想帮她一把，可是，他的收入也不算高，况且她很难接受别人的帮助。

她正在给别人介绍水果，他又看了她一眼。掏出两张百元钞票，轻轻地放在她的脚边。

"给你钱，正好。"他说。

她正在忙着，他悄然离开，转身坐上了一辆正要启动的出租车。

这时，他看到她正追过来，连跑边喊，"找你钱，你的钱还没有找呢？"那马尾又一左一右地摆动了起来，仿佛年少时的她追过来。

他对司机说："走吧！"

出租车越来越快，她越来越小。

# 渴

他在街头一角有一个店铺，不大，七八平方，修家电。他的技艺精湛，为人很好，客户源源不断。

他的相貌还算不错，可惜两腿残疾。坐在那儿，认真地修理家电，那模样儿还挺帅气。

和他差不多大的人，早已娶妻生子，有的孩子都可以读小学了。他在内心里是非常羡慕的，看到别人都已成家，和睦幸福的几口人，真好！

他是想有一个女子来爱的，却没有这样的机会。他出行不便，身边也没有人帮他介绍，一天到晚就在这个店铺里忙碌，生活的圈子太狭小了。

常常有人打趣，要给他介绍女朋友，他都会笑着应和，忙请人坐下细聊。其实，只是别人寻他开心而已。

他日复一日地忙碌，赚的钱是够承担一家人的生活的，为什么没有女子走进他的生活呢？他不在乎女子的容貌，也不在乎她是否已婚，只要可以和他在一起，甜甜蜜蜜地生活，就足够满足了。

他也曾在心里期盼过，要是有女子能爱他，给他家庭的温暖，他一定会加倍地疼她爱她，让她幸福。

有时候，街面上有的女人来修理家电，他就会与她们闲聊，那个时光也是愉快的。那些女人，散发出一种独特的气息，令他着迷。

后来，有一个女人，来到他的店铺，和他聊天。不是修理家电的，也不在这里做生意，就是和他在一起闲聊。

他看出她是有意的，想和他在一起。

隔壁阿成的媳妇对他说："你要小心，这个女人是个骗子，骗吃骗喝，骗人钱财。"

他明白阿成的媳妇，是好心劝他。但是他抵挡不了女人的魅力。虽然她已近40，比他还大几岁，这又有什么要紧？她是一个女人啊，她愿和他在一起啊！

那天清晨，街上的人发现他的店铺关着门，很奇怪。他的店铺一直是这里最早开门的，多年来都是这样。

原来他和那个女子一起外出旅游去了。他这些年辛苦积攒，小有积蓄，愿意和这个女人一起出来旅游。

这是不一样的体验，女人一点都不嫌弃他，上下车背着他，在景区，她推着轮椅，一起看了许多地方的风景。

20多天过去，花光了他多年的积蓄。他又回到店铺里，辛辛苦苦地工作，她却没有与他一起回到店铺。

阿成的媳妇说："我与你讲过，那是一个女骗子，你偏偏不信。上当了吧？"

他想：上什么当啊？是自己心甘情愿的。他苦苦期盼了多少年，终于有个女人满足了他的盼望，让他享受到人生别样的风景。

有些人，生活丰富多彩，条件舒适优渥，怎么也体会不到别人的饥渴。一个干渴的人，哪里还在乎水的质量、口感呢？只要能解渴就好。

# 两棵树的爱情

　　两棵树长在悬崖绝壁上，一左一右，中间是一道深不见底的鸿沟。

　　它们却深深地相爱着，也许它们终生都无法握手，但是不妨碍它们的爱情在体内迅猛地生长。

　　左边的那棵，努力向右边倾斜，它愿意这样慢慢地向右去生长。右边的那棵，则是在向左边靠拢，以更倾斜的姿势迎接。

　　悬崖上是光溜溜的石头，树便艰难地把根须扎向石缝里，沿着石块向远方延伸。它们知道，必须要把根扎好了，才能让梢头长得更大、更茂盛些。

　　石缝间的水分太少了，怎么也喝不饱，石缝间的泥土更是少得可怜，牢牢地把根须扎进去，也抓不住多少力量。可是，树还是按照自己的信念，努力地完成生长的需求。

　　两棵树，隔得并不遥远，山涧要七八米宽吧，它们就这样相望着，却不知何时可以拥抱在一起。

　　它们的根须越来越深地扎进缝隙里，可以汲取更多的养料，它们的枝叶也长得越来越茂盛。

　　一天一天，一月一月，一年一年，两棵树就这样抱着自己的信念，向着自己爱的方向生长。

　　不知过去了多少岁月，它们眼看着距离越来越近，就要握住对方的手了。偶尔的一阵风吹过，左边的树叶就抓住了右边的树叶，那种感觉真是美妙啊！虽然仅仅是一扫而过，但是那种心动的感觉更加激励它们。

左边的树几乎以30度角向右边倾斜，右边的树近乎匍匐的身姿向左迎过来，它们就像迎接久未归来的亲人，热情地期盼，焦急地等待。

终于，它们手握着手了，风一吹，就拥抱在一起了。

来这里旅游的人发现了它们，"看，这是两树爱情树呢！"

是的，在这片不毛之地，能有一丝绿色，就是奇迹了，何况还有两棵树，而且它们是如此相爱呢。

它们，就成了旅人的风景，留在相片里，留在记忆里。

"唉呀，生活再难，能难过这两棵树？你看它们多么亲密。"一对吵架的夫妻，火气平息下来后翻看以前的相片，就想起了这两棵树。

它们不会说话，也没有抱怨，就是想两棵树能有机会拥抱在一起，这样的生活，就很满足了。

没有必要抱怨命运的不公，已经发生的一切都无法改变，那么就好好地为以后的生活创造幸福的机会吧！美好的爱情，是把握未来的幸福，而不是叹息以前的种种艰难与不幸。

# 烈火焚身

她是爱他的，爱得执着，也爱得痛苦。

他们曾经是多么幸福的一对啊！在别人眼里，他们是夫妻的典范，即便现在，她也感觉幸福在心头荡漾。但是，那份痛苦，却不由分说地扩散开，像平静的水中泛起的一圈圈涟漪，随着时间地推移，无边无际。

他们是大学同窗，毕业后就走进婚姻殿堂，浪漫、温馨、甜蜜，她觉得上苍对她是眷顾的，赐她这样一个好男人。

他积极、上进，有好家庭，对她也宠爱有加。女人，还需要什么呢？

婚后第二年，女儿就呱呱坠地，给他们带来更多的快乐。

在幸福的怀抱中，她从没想到会有痛苦将不期而至。

女儿的到来，给她带来了忙碌，快乐，也有一份劳累。他们在享受这个小家伙带来的快乐时，对两人之间的其它都似乎淡忘了。

女儿5个月时，她忽然有了异样的冲动。她才想起，他们快有半年不曾恩爱了吧。那晚，她的手在他身上水一样的流动，他却佯装入睡，那鼾声明显高低不匀。

她想，也许他真的累了。

第二天，她早早地睡下，等待他的到来。他倚在床头，手里的摇控不停地点来点去，就是不肯躺下。

她默默地等着。12点了，他看她双眼迷朦，才悄悄地洗漱，准备入睡。

不料，他刚躺下，她就摸向他的敏感处，他一惊，原来她一直在等他。

无法勉强。他想应付她，却难以做到。

她忽然翻身坐起，"你，你……"欲言又止。

他略有羞涩，这事如何解释？即便新婚，他也是勉强而为，只是她初尝滋味，一切还应付自如，如今，一片溃败，连勉强也难。

她略有些明白，按捺一腔欲火，转身躺下。

想睡，却辗转反侧，难以入睡。火在体内越燃越旺。起身，去饮了两杯冷茶，似乎好些，再躺下，仍然无法入眠。

他默默地转移到书房，他不想和她在一起，有些怕她。那眼神，那渴望，那熊熊烈火。

他们是幸福的，所有熟悉他们的人都会这么说。

他爱家庭，爱她们母女。他们有一家不错的企业，在当地人脉关系也好，这样的生活，真是令人艳羡。

昼的阳光，明亮、火热。

夜的月光，清幽、冷凉。

他和她就这样在昼与夜之间轮回。

她也想忍一忍，这样的生活，也算幸福的。可体内的痛苦，不断地往上涌，压抑不住。

有一晚，他递过一张碟，她默默地接过，原是一出轨的故事。是暗示，是默许，还是试探？

不过，不管如何，她不愿。她有渴望，但是她不能这样。她要是为了心中的欲火，他会更痛苦。若是那样，她会践踏他的尊严，会亲手杀掉他的信念。

她不想那么自私，把自己的痛苦转嫁给他。

他们之间都被这烈火烧得痛苦难耐。

越是压抑，越是燃烧，她几乎要疯掉。

他们之间的关系变得脆弱，他看她的眼神有恨、有厌、有怕，她看他无奈、痛苦、绝望。

她想了好久，他也想了好久。

他们终于分开。

没有人能明白这其中的原因。

他们还会经常见面，还是那么好，若不是她的身边多了一个普通的男人，也许别人还不相信他们是真的分开。

烈火焚身，一片焦黑过后，有雨降临，似又有点点绿意泛出。

## 你还要什么？

你爱上一个女孩子，她的身影与笑容不停地在你的脑海里晃动。你使尽了办法，就是不能够获得女孩的芳心，你苦恼极了，伤心极了。

你想，要是能获得女孩的爱，将是多么美好的事！此时此刻，如何拥有女孩的爱情，是你最期盼的事。

也许，有比这位女孩更好的人，但是，都不能吸引你，她就是你的最爱。

女孩的形象在你心中无比美妙，是凡间的精灵，是尘世的仙女。纵使别人不屑一顾，在你的眼中，却是妙不可言。

你要的是她给予的爱情，那份甜蜜与温馨。

你渴望获得这份爱情，与她厮守一生，与她相伴终老。

能得到她的爱，将是无比地幸福。这是你毫不犹豫的答案。

如果她顺利地与你牵手，那么你会要一个浪漫的恋爱，还会要一个隆重的婚礼。当然，也不算多。

你一定还会要更多的东西，有更多的期盼。

你会要一套房子，纵使不大，却也是一个家，在这个城市里的一隅，可以安放劳累的身躯与躁动的灵魂。否则，风雨里的爱情，一定不妙。没有人愿意一直在风雨中品尝爱情，那种滋味不是甜蜜，而是辛酸。

你会要房子里有喜欢的家居，温馨的床，可爱的装修，还会要必备的家电，上网的电脑更是必不可少的。

你还会要一辆车，在这个城市里，车似乎是必不可少的。至于档次，未必太重要，但是拥有一辆车却是至关紧要的。

你还会要一些花，放在阳台，没事时洒洒水，浇浇花，嗅嗅花香，净化空气，陶冶心情。

你还会要什么？

这么多了，一定是可以满足了。不会的，一定还会有些东西是需要的。不一定是必须，但是也不可缺少。

你会想要一个孩子，男孩女孩并不重要，重要的是有一个孩子，这是两人爱的结晶，是生命的延续。两个人的世界，再美好也有倦的时候，孩子就成为家庭的重心。

你还想要薪水增加，职务升迁，事业成功。随着岁月的流逝，你一定会明白，男人更需要这些来改变原有的青涩。男人的社会地位，需要这些附加值来表现。

你需要友情的滋润，需要爱情的温暖，需要亲情的关心。

你一定不会想到，你原来是如此贪得无厌，一直在索要，而且觉得理所应当。

就像一棵树的慢慢成长，最初的营养是无法满足后来的需求的。随着枝干的强壮，枝头的伸展，根须的延伸，就会需要更多的水分、营养来供给。

你在慢慢地长大，就会有越来越多的需要。等到有一天，你觉得一切都已够了，不再需要更多的东西了。那你就是老了，开始安然地享受生命，不再拼命地索取与渴求。

## 漂亮女人

男人都喜欢漂亮女人。

可是漂亮女人是什么样子，每个男人又都会有不同的观点。女人外表漂亮，一定会迷倒一些男人。

青春年华，长得靓丽，身材惹火，当然是漂亮的，就像荧幕上的明星，一举手，一投足，都能赢得掌声一片。倘若落到现实生活中，未必人人可以接受。一套奢华的大房子，装修高档，好是好，住着未必舒服。不要说装饰，也不要说室内配置，仅是物业费用与日常清洁卫生，就是一件非常麻烦的事，平民百姓，住在里面不是享受，而是受罪。漂亮女人也一样。

长得漂亮，吸引别人关注，如果内蕴不能与之匹配，仅剩一副空皮囊，就显得轻浮，得不到别人内心的尊重。有多少女人，因为青春美貌，可以获得别人一时之艳羡的一切，却无法长久拥有。这美貌就成了悲剧的祸根，若不知警醒，乐在其中，更是悲上加悲。

有的女人，长相一般，却有非凡智慧，也许她要付出比别人更多地努力，但是她拥有的智慧是一生相伴的，自然是散发馨香的法宝，愈久愈美丽。岁月变迁，却令智慧愈加闪光。这样的女人，她自信，有能力，长袖善舞，有远见，有控制能力，一切都在她所预见的范围里运转。她的美丽是难以抵挡的，这样的女人更会吸引男人的心。

也有的女人，以柔克刚，看似柔弱，却如磐石，信念坚定，意志坚强。

她对爱情始终如一，即便时光荏苒，命运多舛，依然会坚守最初的选择。即使她不漂亮，也缺少大智慧，但是，她的美丽如霞光四射，不可阻挡。

有的女人，她长相出众，才华横溢，做出了非凡成绩，在各类场合成为被瞩目的焦点，她是众人眼中的成功人士，女强人。如果她只在乎这些，把过多的精力投放在自己的事业上，缺失了家庭的温暖与爱，这漂亮就打了折扣。漂亮的女人，一定是在外面风光，在家里贤惠，家庭幸福，其乐融融。

也有的女人，一切都不出众，长相普通，才华普通，能力普通，可就是有男人喜欢，有男人爱。这也是漂亮女人啊！她身上有吸引男人的地方，她一定是有女人的独特魅力。萝卜白菜，各有所爱。而被爱的人，就是漂亮的。

漂亮女人，有的是大众公认的美丽，有的是属于自己喜欢的独特，有的是情人眼里出西施，有的是馨香独具。漂亮的女人，都是拥有自己的美丽，把女性的优雅、智慧、美丽，诠释得淋漓尽致。

漂亮女人真好。如果你没有美貌，可以拥有智慧；如果你没有才华，可以拥有善良；如果你没有财富，可以拥有爱心；如果你就是一个普通人，比不过别人，那么你可以拥有漂亮的心情，开开心心，就是一个漂亮的女人。

# 栖

　　他和她说：想来北京找份工作，暂时在她这里借住。

　　她虽然没有与他见过面，却是网上交流过很多次的网友，有过电话，也有过视频。她对他还是放心的，见他单身来北京，实在不容易，就应允了他。

　　他结婚一年，刚有了一个女儿，在老家的收入实在微薄，想来北京闯荡闯荡，看能否找到更好的机会。

　　她和女友合租一套两室一厅的房子，现在他来了，她就和女友共住一房，把另一房腾出来给他居住。

　　她和他有过莫名的好感，这是她当初无法拒绝他的原因，也许是他提出要来北京找她的原因。

　　她为他联系工作，帮忙照应生活，就像他的一个亲人。在一个陌生的城市，让他有了一个驿站。

　　在她的引荐下，她的单位愿意录用他。工作不错，是他喜欢的，薪水也还可以，各方面还算满意。

　　他与她同出同进，一同在单位里上下班。

　　在家的妻子，与他聊起来，他都会乐观地说：在北京挺好的。他甚至对她说：工资也真是不错。他把当月领的薪水，几乎全部给了家乡的妻子，他想让妻子明白，他在这里会越来越好的。

其实，他的生活非常艰苦。他宁愿自己辛苦些，也要让妻子和女儿过得好点。

妻子给他电话，他总是短暂地说几句就挂了。电话费贵，他有些舍不得。

有一回，妻子和他聊起他在北京的住处，他就随口告诉了她。

妻子在心里挂念丈夫，就让一位老乡捎一些特产过来，老乡按地址找过来，敲开门，见一年轻的女孩，老乡怕弄错了，仔细地询问了一遍，确实是他的住处。老乡的心犯了嘀咕，怎么会有年轻的女孩子居住在这里？该不该告诉他妻子呢？

家乡的人是纯朴的，思考了许久，决定还是把所见告诉他的妻子。

他的妻子一听，犹如晴天霹雳，晕了！

这怎么可能？这怎么可以！

给他打电话，他却轻描淡写，刻意地避重就轻，妻子越听越不放心。如果他在北京，就这样离开了自己，实在心有不甘。

妻子千里迢迢地投奔他而来。他还在上班，妻子已寻到他的住处，看到他与那个一起居住的女孩形影相随地走来，还有什么可辩解的？

原本以为与他结婚，可以享受爱情的甜蜜，不曾想他却在这里寻欢作乐。

而他，看到妻子失神的表情，有些不知所措，妻子怎么会突然出现在北京？他是她可以栖息的枝头，是她的依靠与生存的信念。

他又该如何说服妻子呢？是他栖息在别人的枝头啊！

漂泊在异乡的游子，就像飞翔的鸟，寻找一处可以栖身的地方。

当妻子明白了原委，平息了心头的怒火，却再也不愿他栖息在这里。

有一种栖息，是身体的，有一种栖息，是心灵的。

身体与心灵，就是生活与爱情。

## 恰到好处生次病

他们的婚姻进入第九个年头，原来一切都是正常状态。九年了，爱情早已变成了亲情。如常的生活成了惯性，一切按步就班地进行。

就像水流总会在不经意间会遇到拐弯一样，他们在某一天有了争执。其实原因微不足道，但是两人都觉得自己有道理，各不相让，相互争执。结果是谁也说服不了谁，有了个疙瘩横在两颗心之间。

她早早地睡下，脸向外，他后上床，脸也向外。

当爱情有了矛盾，还是这样，即便躺在一张床上，也是远隔千山万水。

谁也不服谁。她冷着脸，他索性搬进了客厅，一个人睡沙发。

两个人在一起倦了，还是一个人的空间更舒服。

然而，他们却不。她在房间里辗转反侧，难以入眠；他在客厅，打开久已不看的电视，随意搜索，心绪难宁。

她想改变这样僵化的局面，可是找不到借口。他虽然不愿意一直在客厅里睡，可是真的不想没有原则地低头。

时光一如既往地向前奔驰，生活却变了节奏。

他们都闻到了婚姻里的烟熏火燎的味道。如果不及时扑灭，会有火灾发生的。

一天，他下班回来，发现她躺在床上，本不想理她，可听到她绵软无力地哼哼，终有不忍。

一摸她的头，滚烫。

糟糕，快去医院。

他背上她，下楼，拨打医院急救电话。

他在医院里上上下下地奔忙，早忘了他们还有争执。

她头痛欲裂，却丝毫不觉得难以忍受，内心还有丝丝的甜蜜。

看到他焦急的样子，她就知道自己错了，有什么不能低下头的呢？他还是那么爱自己。

只有内心存爱，才会关注，才会放下一切，不管不顾地关照她。想到这里，她的眼角有泪水滚下。她忍不住伸出手搂住他，他一低头，唇就吻在了一起。

两个人，谁也不肯低头，爱情就僵住了，一场病就像一场及时雨，化解了婚姻里的矛盾。

在爱情里，有时候显得弱一些，也是一种智慧。

对峙的结局是两败俱伤，退后一步，爱情的世界里就会海阔天空。

如果不是这场病，也许还要僵持下去，何时是尽头？

明明都不想要这样的局面，却又都不想低头，消耗了爱、情感，还让婚姻受了内伤。

好的爱情，不是谁战胜了谁，而是始终有人被关爱。这就需要胸怀，包容与爱。

# 树下的女子

夏日的阳光再烈，也穿不透这棵树，硕大的绿荫，罩在她的四周。她常常在树下读书，躺在一张竹制的躺椅上，乌黑的发垂下来，与她白皙的皮肤十分相称。就像火红的阳光，绿色的树荫。

她出身书香世家，聪慧、美丽，家里有许多许多的书，她也爱看书。他非常羡慕，却不敢与她搭讪。她是美丽的天鹅，他是丑陋的青蛙，他们是两个世界的人。

她的身边有清凉的绿荫，有悠闲的时光，有喜欢阅读的书籍，他却什么也没有。要在毒辣的阳光里去河水捕鱼，换些钱交下个学期的费用。

青忽岁月，在时光变换中悄然溜走。他们都慢慢地长大了，她读高三了，他读高二。

他每每经过那棵树前，都要向她望一眼，有时候，她坐在躺椅上，认真地读书，有时候，她躺在那儿小憩。树是大地上的风景，她是他心中的风景。

有一天，他路过那儿，晴天忽然暗黑，狂风暴雨瞬间来了。她失去了往日的优雅，慌张地把散在周边的书捡起来，他也上去帮她。那些书，被风吹得乱作一团，就像树上的枝叶，噼噼叭叭。

有了他的帮助，雨虽然急，但是没有把书淋湿。

再相遇的时候，她就会向她灿然一笑，和他说几句话。他很享受她的笑容，尽量和她聊些话。她也会把自己的书借给他看，那些书，有香味，墨的香味，她的香味，还有光阴的香味。

他看那些书入了谜。多么诱人的一片天地啊！他在那个世界里遨游。

她告诉他，她喜欢文学，爱看书，将来要做一个职业作家。他相信她，未来一定会成为一名知名的作家，写许多许多好看的故事，出版很多很多的书，有成群成群的读者。那时候，这棵树下，会拥有更多的读书人吧。

可惜，她在高三的下学期，生了病，不久，就逝去。她像一朵花离开了枝头，像一片叶离开了树梢。

他再也看不到她了，那棵树却长得更浓更高了。

此后，每年夏天，他都会去那棵树下站一会儿，想想当初的时光，还有她的模样。

一晃，15年过去。他成为一家房地产开发公司的老总，这片地被他投标中的。

拆迁时，有人要毁掉这棵树，他阻止了。他找到一家有名的设计院，要把这棵树设计成一道风景。

树已长得很高很高，仿佛靠近了天空，夜晚，风一吹，树梢就像和星星在说话。

那棵树不但留了下来，四周还有一片空旷的草地，寸土寸金，这样的奢侈却让这棵树更显高贵。

他多年的努力与积累，一直在为这棵树设计一个理想的生存方案，他要让这棵树活出人的境界。

其实，这么多年，她一直在树下读书，每年的夏天，他都会来这里看看，看她在树下的模样。风一吹，就有她说话的声音，穿越时光而来。他站在树下，默默地聆听。

## 双城记

他在南京，她在杭州。

他们是在一次杂志社举办的笔会上认识的。他是南京一家大型企业的中层干部，业余喜欢写作，写的作品虽然不多，但是写一篇成一篇，发出来都能有一定的影响。他的作品受到读者的欢迎，也有了影响，杂志把他当作新人邀请参加笔会。

她是一名职业写作者，写的都是畅销书，还有两部作品被改编成了影视剧，在写作圈子里，可谓大名鼎鼎。

他们初相识，却像是认识了许久的朋友，没有一丝陌生。聊喜欢的作家，感兴趣的作品，也谈写作方面的各自追求。

他们像是不同列车上的旅客，在同一个驿站相遇了，相识了，而且有机会短时间相聚。

从此，他们之间有了联系，也有了莫名的好感。

他盼着周末休息，买上高铁的火车票，直奔她而去。在她的城市里，他有一种欢喜。她放下工作，陪他去各个景点。

在她的陪伴下，他觉得风景有了别样的美，总也逛不够。她把杭州的美好，一一向他展现。风景、小吃，还有她的情谊。

离开是不舍的，两地相思，总是盼望着再相聚。

他也邀过她，去南京。她的时间要宽裕些，自由写作，可以安排自己的时间，她却婉拒。她要写作，要把一本本已签下合约的书稿定期完成，要构思下一部作品，积累素材。而这一切，只能在她熟悉的城市，离开这个城市，她就找不到安宁的感觉，写作就变得茫然。

她不可能和他一样，想写就写，不想写就丢下。她做的是一份事业，看似散漫，实则严谨。许多书稿，早早地就要列下计划，写好题纲，再一步步去搜集素材，查找资料。

她不能过来，他只好过去。他渴望有更多机会相聚，于是，寻找一切机会，不顾一切地奔向她。他的桌上放着许许多多的车票，整齐地扎好，像是一堆美好的旧时光。

只要他去，她就会陪他。永远是欢迎的，热情的。他就慢慢地喜欢上这个城市。说不清是因为她在，所以爱屋及乌，还是因为对这个城市日久生情，像恋上她一样，爱上了杭州。

为了结束奔波的艰辛，他渴望在她的这个城市找一份工作。这样，就可以天天陪着心爱的她。

他有才华，又有她帮助，一份工作并不难找。

他在杭州安营扎寨。他有更多的机会和她见面。

不知为什么，她反而少了热情，不再像他从南京急急地奔过来时欢迎的样子。她有些冷淡。

他想不通，她为什么忽然变了？

是她答应他来这个城市的啊！是她热情地帮忙找的工作啊！是她期望两个人走得更近的啊！但是，她现在怎么了？

他想不通，她为什么忽然间冷淡。

也许，两个城市有距离，就有想象，就有思念，走到了一起，就失去了这一切。

也许，她现在对他没有了原来的爱恋，所以情感冷却了。

不是，并不是这样。她一如继往地爱着他，也希望两人有更好的结局。可是，她需要有更多的时间去写作，而不是天天陪着他。原来，他一周来一次，她就当写作累了，休息一下，他离开，再回到写作状态中。

　　然而，现在两人在一起，朝朝暮暮，她一下子找不到原来的感觉，什么都变了，她失去了原来宁静的生活。

　　他要的爱是日日厮守在一起，情到浓时，朝朝暮暮。

　　她要的爱是两人有思念，有相守，也要有自己的一片天地。

　　他以为，两个城市是他们爱情的阻隔，所以放弃一切，不管不顾地奔过来，以为从此过上了幸福的生活。

　　她明白，一个城市里生活，人离得近了，失去了距离，也失去了宁静。

　　爱情是两个人相守，也要有两个人飞翔的那片天空。否则，就像折翅的鸟儿，在一个狭小的空间蹦蹦跳跳，就会改变了自己原有的轨迹。

　　他们最后明白，就是在同一个城市里，依然要过着双城记的生活，他们一周一聚，欢笑再次在他们的天地里涌现。

# 台上台下

一个女读者打电话给我，说她读了我的作品很受感动，接着她就倾诉了她生活中的许多苦衷，还有她曲折的爱情故事。她对我说，希望我能将她的故事写进作品里去。

这样的读者很多，博客上的短消息，手机里的短信，当然也有电子邮件发来自己整理好的长篇倾诉。他们的故事，或者经历，于他们本人来说，可能刻骨铭心，却很难引起我的触动。

有一个女性，离婚6次，每次都有故事，却都太大众化，找不到新颖的视角，她一再地央求我帮她把故事写出来，我感到实在无能为力。

每个人的经历于自己而言，都是曲折而深刻的，放在大众面前，就略显苍白了。这样的故事，怎么写？

去乡下，偶然路过一老妇家，她在田里劳作，身边围着4个孩子，大的7岁，小的3岁。乡村现状是青年人外出打工，幼小的子女交给老一代抚养，可带4个孩子生活的仍然是稀有事件。

经过打听，发现一个善良的故事。这4个孩子分别是两个家庭的，其中两个是老人的孙子孙女，另两个是仇家的孩子。

原来，老人的儿子在外打工，某日回家，邀上幼时朋友喝酒叙旧，情越叙越浓，酒越喝越多，不知为何叙到最后竟起了争执，两人拉拉扯扯地推搡之间，老人的儿子跌倒一旁，撞破了头部，竟不治身亡。

　　而推倒老人儿子致死的这位，妻子也已离他而去，父母早已亡故，被捕入狱后，剩下两个孩子就由老人来照料。这是一位善良而又隐忍的老人。

　　身边有位朋友，经常会给我讲她的经历，每每讲后叮嘱我，不要写进文章里去啊！而她讲述的是多么好的素材，又怎么能轻易放过呢？往往在报刊上发出来后，她看到都要责问我，"不是说好不许写的吗？"责问过后，她还是喜欢向我讲她的经历，我也还是照写不误。谁叫她讲的都是那么奇妙呢。

　　有的人喜欢站在台下看戏，看到好的情节忍不住大声喝彩，看到平庸的剧情，又会破口大骂，若是让他上台去，大概演不出什么好看的节目，但是他有评判的自由。

　　有的人站在台上演，身临其境，出神入化，故事本来不算精彩，只因他的功力非凡，让人看得大呼过瘾。

　　凡能到台上表演的，必有不凡的过人之处，若是随意呼一人上台表演，那大概会让台下观众散失完。卡拉ＯＫ，唱的人自觉神采飞扬，听的人无不具有超级忍耐力。

　　有的人表演欲强，非常想上台表演，却不具备表演素质；有的人只想做名观众，却因为有不同凡响的潜力，总会引人注目。

　　台上台下，上来下去，精彩的、曲折的就被人记住，平淡的、乏味的则不留痕迹，人生大致如此。

# 一杯咖啡的孤独

他们之间的感情出了问题，他希望两人能坐下来好好地谈谈，找找问题的原因，也许还有机会。

他约了她，在他们相见的老地方，西城边上的一家咖啡馆。

他先来到咖啡馆里坐下，点了两杯咖啡，给她的那一杯里加了糖。这是习惯，他总是先来，把咖啡点好，等糖溶化了，她才会姗姗来迟。

这里是情人聚会的地方，成双人对的。他想起他们最初相识的时候，是她带他来这个咖啡馆的，从此，两人把这里当成约会的老地方。

这里的咖啡味道纯正，香味四溢。他慢慢地喜欢起这里，把这里当成消磨时光的好地方。音乐缓缓响起，让人仿佛飘了起来，随着咖啡的香气浮动。

他轻轻地啜饮着，等待她的到来。

他是爱她的，对她有许多的纵容，他期望两个人能修成正果，就会多些宽容，男人的胸怀是海洋。她最初对他是有好感的，甚至是她主动的与他交往。随着交往日久，她发现他不似想的那样魅力四射，也没有太多驾驭难题的能力，与许多普通男人一样庸俗不堪。

他想要的是一个简单的女孩，当她略带侵略性地进攻时，他频频后退，直至举手投降。他发现，她外向，能够独挡一面，有自己的想法。

他们之间有过一段甜蜜时光，令他念念不忘。

后来，她向他要的许多都没有实现，也无法实现，他真的做不到。他只是一个普通的男人，怎么可能因为她来到身边，就变了模样，一跃成为非凡的男人，光彩四射？

开始，她是对他言语的不满，少了温顺，多了非议。随后，不满变成了不屑，他的话，一出口就是错，遭到她不停地攻击。

直至后来，她居然与别的男人当着他的面暧昧。他是变了颜色的，她只是轻轻一笑，退回了她伸出的胳膊，其实她是在试探他的底线。

他明显地感觉到她正在一点一点地离他而去，他想找她好好地谈一谈，如果尚有机会，双方就要好好地珍惜。

他选择这个老地方，就是想唤起她的记忆，想起两个人最初的甜蜜。

他让服务员续了第三次咖啡，她杳无音信。那一杯咖啡已凉了吧？

音乐是第几首了？他已想不起。

汹涌的人潮已退去，渐渐零落。他抬眼看了一下墙上的钟，竟已是子夜时分。

她终究是不会来了。

明明是一杯咖啡的孤独，为什么要点两杯咖啡欢饮？冷漠到凄凉，一杯在芳香四溢，一杯已在光阴里沉睡。

他端起咖啡，一饮而尽，放下，一只空的，一只满的；一只空的还冒着热气，一只满的已冷却在夜色里。

他一个人走向夜色深处，虽然有星星似的路灯，却依然抵挡不了夜色的深沉与黑暗的广袤。

# 一生一世

爱情最好的承诺，大概就是一生一世了。

海誓山盟，海枯石烂，生生世世，直到永久。誓言有那么多，爱要到亿万年。仿佛爱得越久越见真情，越能表白出爱的浓度与炙烈。

也许，人都想拥有更多，包括爱情。然而，真有永恒吗？人活着只是一个过程，从生到死，就是一个人在这个世界上的历程。

想来，除了一生一世，其它的誓言虽有时间的长度，但无实质的距离。最好的爱情承诺，就是活着时，有爱。如果人已离去，有爱，也只是活着的人心存情感，是单一的思念。

如果恋人表白，要爱你一生一世，那么这应是最好的爱情宣言，诚实、坦荡。

情感不像物质财富，可以尽可能地多，它受到生命长度的限制，是生命承载的一份情愫。

一生一世，是漫长的，几十年光阴。

一生一世，又是短暂的，匆匆而过。

有的人，爱了一生一世，并不够，要生生世世相爱。他们愿意永远在一起，所以，死了也要葬在一起，化作泥土，也要紧紧相依。

有的人，最初的誓言是爱你一万年，实则不过二三年，就已厌倦，明里暗里，想着如何离开。有的人，尚且有情，说得坦荡，和平分手，财富与债务，一分为二。有的人，挖空心思，把两人的共同财富转移到自己名下，让对方空手而去。

仅仅是失去钱财，也不要怨恨。钱是身外之物，没有什么值得挂念。即便把一切尘世的财物都席卷而去，也算不上无情无义。最坏的是，置对方于死地，在满脸笑容里早已想好了谋财害命的所有招式，原本要牵手一生的人，却成了对方眼中钉肉中刺，一心一意要其永远地消失。

一生一世，便不再可爱，而成了累赘。

其实，人降临人世就是一次偶然的巧遇，千万亿分之一与千万亿分之一之间的一次相逢，哪有什么生生世世？

遇到了一个喜欢的人，相爱了，就好好地爱。珍惜这一份懂得与理解，也默默地祈祷缘分可以延续下去。

不爱了，就和平地分开。不要说怨，也不要说恨，不爱了就是没有了那份原始的爱恋。何必寻找太多的理由制造罅隙与仇恨？

正因为有人记住了当初的誓言，所以一旦面临分手，就会觉得顿失所有，不依不饶地欲置对方于死地。最初的甜蜜与承诺已成为此生的负担，而不是两人恩爱的保证。

真正有爱的人，嫌一生一世不够长久，却也唤不来更多的时光。

无爱的人，觉得一生一世太久，不断地折腾，想尽早地逃离，却把爱情遗忘，散落在一生一世要走的路边，捡起的是仇恨与伤害。

要爱，就一生一世。

不爱，就别给太多承诺。

比一生一世更久远的誓言，说了也是美丽的谎言，没有人能够真正地兑现。

# 因为爱，所以爱

那年，她29岁，有一个7岁的女儿。

她一个人带着孩子，她离婚了。

她爱自己的女儿，那个可意的小人精，居然可以和她谈心。她不是没有机会找一个男人，只是，她不愿意委屈女儿。

每次有人介绍，她都会带着女儿一起去。尽管女儿会说挺好的，她也能听出她心中的勉强，她就婉拒别人。

她完全有能力养活自己的女儿，她也相信自己可以教育好女儿，给她一个好的未来。

有时候，女儿与她聊天，也会谈谈别的同学的爸爸，内心不由地溢出羡慕来。她明白，女儿是在暗示她。

女儿小小的心思，在她看来，是藏不住的。但是，她偷偷地想，要是找一个男人，与女儿发生矛盾，她一定会义无反顾地站在女儿一边。或者，不脆不要这样的男人。否则，看到女儿懂事的眼神，看到她委屈的样子，她会心碎。

女儿读一年级了，成绩特别好，每次都是班上的第一名。她还会跳舞、绘画，写作也不错，一篇文章里，有文字有拼音有绘画，读来童意盎然，特别有趣。

她去学校接女儿，一群小朋友围着女儿转，她觉得很开心。这个聪明灵慧的小家伙，到哪里都受到别人的欢迎！

开始，女儿给她讲班上的事，还有她开心的事，她听着，有偷偷的欢喜。女儿和其他孩子一样快乐，她怕敏感的女儿孤独，不开心。

随着时间的推移，女儿更多地讲她的老师，"那个成老师特别有趣"，女儿仰起小脸说。

她就会逗女儿，"怎么有趣呢？"

"他总是把别的同学不会的题目让我做。"女儿开心地说。

"你会做吗？"她问。

"当然啦！那么简单的题目，我肯定会做啊！"女儿有小小的得意。

她就明白，这个成老师是喜欢女儿的，这样聪明的孩子，哪个老师不喜欢呢？她仿佛看到，女儿每次做出那些题目后，老师大声地夸奖，还有小朋友们羡慕的眼神。重要的是，女儿开心的样子，小小的心得到了满足与鼓励。

她有点想问女儿，那个成老师是什么样子啊？又怕女儿读懂她的心思。

不过，即便她藏着心思，也能从女儿快乐的叙述里勾勒出成老师的模样。一个高高的男子，一双大眼睛清澈、透明，和孩子相处得格外融洽。

那天，她又去学校接女儿，看到女儿正拉着一个男子的手蹦蹦跳跳地往外走。那个男子就是成老师？

女儿看到她，并没有松开老师的手，径直来到她面前，告诉她，"妈妈，这是成老师！"她脸上泛起莫名的红晕。怎么了？

然后，她有些心跳地与成老师聊了几句。

后来，她竟有些盼着去学校接女儿，她有些心慌，这是怎么了？

女儿还是喜欢拉着老师的手，她与成老师聊天的机会多了。

后来，他们有机会一起散散步，两个人都拉着小女孩，一左一右，真的就像一家人。

她爱女儿，他也爱这个可人的小女孩。

小女孩更爱他们俩，不停地找机会让他们相聚。

他们慢慢地走到了一起。

原来，爱也可以这样来。

直到有一天，小小的女儿走在中间，一手拉着一个，望望左边，喊声妈妈，又瞧瞧右边，叫声爸爸。真是甜蜜而可爱。

## 月亮的光芒

她喜欢画画，从10岁起吧，就一直学画。一路走来，她的大学也选择了与绘画有关的院校。她相信，自己一定可以通过绘画过上想要的生活。

她的画越来越好，有时候，她会把自己的画放在大街上，试着看是否有人欣赏。令她惊喜的是，每次摆出去的画，都会被人购买。她把这些收入用来购买绘画需要的颜料、纸张，还有与绘画有关的书籍。

她的生活单调而有意义，她在向一条自己设计的道路奔去。

她的生活随意，醒来已是中午，她会去咖啡店消磨一段时间，一个人静静地耗上一段时间，她喜欢那种略有些慵懒的感觉。

她在人潮里寻找内心的感觉，用来构思作品的基调。咖啡店是她心灵的窗口，她在默默地观察里，可以洞穿芸芸众生相，找到需要的色彩。

那天，她一个人在咖啡店里消磨了一个上午，临走时匆忙，忘了拿手提包。包里有她的银行卡，有她的钥匙，有她的通讯录，太重要了。

等她想起包忘了拿，已过去了三个小时。她异常焦急，唯一的可能，就是去咖啡店里试试。

不曾想，咖啡店里的领班正在等她，他本来已经下了班，可是他怕这个包的主人着急，也怕别人不能完全负责，就一直地等。

他是农村里来这个城市的打工仔，年轻、诚实，有上进心。他们因为这个机缘，相识了。

他很喜欢这个女孩，清纯美丽，给他带来异样的光芒。她是一轮月亮，他像围绕在她身边的一颗星星。

爱情总是美好的，不在乎地位的悬殊，也没有世俗的考量，只要有爱在，就会有情涌出。

他们慢慢地走到了一起。他在咖啡店里上班，领一份不高的薪水，她默默地用心绘画，向自己的目标前行。

有时候，他下了班，会看看她的画，听她讲解画里的意境，也会谈谈他的看法。

也许，他根本就不懂，但是她还是会耐心地倾听。她知道，他是在向她努力地靠拢，她当然要给他些热量与光芒，她不能拒绝他的热心。

虽然清贫，但是爱情是有温度的，他们过得也很幸福。

然而，生活不总是沿着一个轨道运行，它有时候忽然变换一个方向，令人猝不及防。

他的父母生了病，希望能到他所在的这个城市看病。作为唯一的儿子，他当然义不容辞，她也作了准备。原来两个人住的小小房子，现在多了他的父母两人，十分不便。可是，无论如何，都要好好地待他父母啊！

她的生活忽然也变了轨道，他要上班，她就早早地起床，陪他的父母去医院，还要回来照料这几口人的生活。这些，都是她所不擅长的，做的自然有瑕疵，不能令他父母满意。

她受到他父母的责难。她在这里，没有收入，也不去工作，就靠他们儿子那点工资生活，而且连家务都做不好，这样的女子，怎么可以做未来的儿媳呢？

不行，坚决不行。

他们只相信眼睛看到的，这些信息在他们的脑海里形成了定式，就开始阻拦两个年轻人。

但是，他喜欢她啊！他不愿听从父母的意见，也会和父母作出小小的抗争，却斗不过父母的合力反对。

一切都需要钱啊，也需要她为这个家庭作出奋斗啊！她都做了些什么？

一天到晚懒懒散散的，又没有工作，连家都照顾不好。

这样的女子千万不能要。

他们不知道她的梦想，也不相信她的未来会有什么光芒。

她能说什么呢？现在的她就是一只等待蜕变的毛毛虫，一只没有可以飞翔翅膀的丑小鸭。

他的父母要的是一个平凡的女子，可以上班挣钱，可以下班打理家务。而她不是啊。

她纵使是一轮皎洁的月亮，现在也黯淡了光芒。

她的绘画，她的梦想，需要一定的条件来支持。她决定离开他，不管他多么伤心。她需要阳光，需要热量，需要自由的天地。因为她是一轮月亮，她知道自己的能量来源于哪里。

第六辑

桃花开

# 不爱了，也别恨

他们之间渐渐地有了分歧，不像最初时甜蜜。生活就是这样，普通而平凡，不可能每天都有新鲜的情感，润泽婚姻里所有的日子。

他是爱她的，那份爱深深地潜进他的心底。他在外面打拼，回家，也尽力帮她打理家务。孩子还小，生活里充满了琐事。她厌倦了这样的生活，她想要轻松、愉快的日子，但是他还不能给她这样的生活。

她在外面的应酬越来越多，他几次想询问，话到嘴边又咽了回去，他不想因为这个问题引起争执。

然而，她的状态让他越来越不放心。她回家越来越晚，偶尔还会酒气熏天。

一个雨夜，他发现一辆车送她回来，那个男人还和她在楼下接吻。

他知道，他们之间结束了。

看到他冷静的样子，她默默地等他问话。也许，她准备好了，迎接他即将来临的狂风暴雨。

他出奇地静，令她觉得有些不安。

他调整了自己的情绪，尽量平和地谈话，就像一场轻松的聊天。

他提出了分手，除了要孩子这个被特意强调外，其它的都不太在乎。这让她觉得有些歉疚，毕竟是她先出轨犯错。她接受了他的条件，她在临逃离时，忽然有了一丝不舍与牵挂，这个男人，也是她曾经深深爱过的。这一分手，就将擦肩而过，从此陌路了。

看着她慌乱的眼神，他能读出她内心的犹豫与不安。其实，她还是爱这个家的，只是，她更爱安逸的生活。

他说："你可以时常来看看孩子。"

她说："一定会的，孩子在你身边，我放心。"

他说："结婚这几年，虽然我一直在努力，但是始终未能让你过上想要的生活，实在难以再挽留你。"

她忽然哭了，泪水滂沱。

她以为他会愤怒，让她难堪，辱骂她，打她，折磨她。可是，他没有，他甚至连一丝恨都没有，还这么关照她。

若不是错已铸成，实在不该离开他的。

她忍住泪，转身离去。

有人说他傻，这样的女人，实在应该好好地教训下。

为什么要恨她呢？他们曾经相爱过，有过那么多美好的回忆，她也曾给过他很多温暖与幸福。即使她背判了他，也不必去恨她，放她走吧，让她追寻想要的生活，也是对她的爱。

人生只是一段过程，而婚姻是一段相守的契约。相守一生固然美好，相守一段时光，也是一份珍贵的记忆。即便她离他而去，她也是他们孩子的妈，是永远无法割离的一份亲情与牵挂，伤害能少些就再少些吧！

# 桃花开

三月桃花开，树上绽放的桃花像云朵一样，成团成团地簇拥在一起。

他在桃树下，呆呆地发愣。他家的门前种有大片的桃树，盛开的季节就连成一片，他喜欢在树下看桃花满天。

那时候，他大概是5岁吧，爸爸与妈妈经常争吵，他们一吵架，他就会躲到桃树下看桃花。那些烦恼与尖叫就会在他身边消失。

不知为何，爸爸总会无端地发火，妈妈先是默不作声，在爸爸不断高涨的声音里，最终点燃了妈妈的怒火。

争吵的最后就会出手打架，他最怕看到这个场面。妈妈尖锐的哭叫声，泪水横溢的脸庞，撕破的衣衫，就会在他的脑海里翻腾。

桃花又开了，灿烂的一片，就像云朵裂开了嘴，笑。而他的家，爸爸和妈妈又争吵起来，他很怕，也很伤心。一个人，悄悄地躲到桃树下，看那些桃花笑意盈盈。

爸爸打妈妈太狠，妈妈逃走了。从未有过的，以前爸爸与妈妈打架，最狠的也只是妈妈哭得呼天抢地，沉沦几天，还是会给他做饭，给他洗衣。

妈妈走了，家就不一样了。爸爸笨拙地做饭，一点都不好吃。饭后的碗都不洗，锅里尽是饭垢，碗叠在盆里，衣服堆放在一边。

他不敢出声，怕爸爸向他发脾气。

其实，爸爸要是不发火，还是挺好的。会给他讲故事，会把他架起来放在肩上，逗他玩。

他不知道爸爸和妈妈为什么经常吵架，偶尔还会打架。要是他们不吵架，也不打架，会是多么好啊！

一天。

两天。

三天。

妈妈还是没有回来，爸爸忍不住了。开始一个一个给别人打电话，问别人是否知晓妈妈的消息。

可能没有答案吧，爸爸越来越焦急了。

电话问不到消息，爸爸开始外出寻找妈妈。

他一个人呆呆地立在桃树下，嗅桃花的香味。

他一个人很孤单，可是，一个人又很安静。没有了争吵，也没有哭骂。

第四天，爸爸拖着疲倦的身体回来了，他悄悄地躲到爸爸的身后，想问他妈妈的下落，又不敢问。

第五天，爸爸大清早就出去了。爸爸又去寻找妈妈了吧？他们为什么要争吵、打架呢？妈妈走了，爸爸又要去寻找。

接连几天，没有任何消息。

爸爸回家就叹息。

后来，有人告知爸爸，说是有了妈妈的消息。他也被带去了，是在一条河边，妈妈躺在河岸上，再也不会说话了。他怯怯地看着妈妈，苍白的脸，湿了的衣服，一只脚光着，没有穿鞋。

有人告诉他，妈妈死了，是投河死的。

他不知道死是什么意思。

他看着妈妈，多么想妈妈能抱抱他，可是妈妈只管自己躺地河岸边，默默地睡着了。

爸爸没有了脾气，脸上黯淡。

爸爸搂着他，像孩子一样痛哭起来。

他觉得，天空飘着桃花，然后，落下来。

从此，妈妈再也没有回到他的身边。

回到家，发现桃花都已零落了，桃树上结出青青的果，小小的、嫩嫩的，藏在蕊里。

没有了妈妈的童年，是艰难的童年。

还好，有桃树，有桃花。

只要桃花开了，他就会一个人待在桃树下，感觉妈妈只是去了远方，很快就会回来的。

桃花很快就谢了。妈妈还没有回来，青青的桃子慢慢地长大，他知道，妈妈再也回不来了。

一年又一年，桃花开时，他都会伫立在树下，看满树桃花，想妈妈。

桃花开了，妈妈就在他心里活着。

他长大了，种了很多的桃树，再忙，每年的三月，桃花开时，他都要在桃园里待上一段时间，在桃花盛开的树下伫立良久。

春去春又来，年年桃花开。

他永远记得5岁那年的春天，那年的桃花开。妈妈在那一年走了，再也回不到他的身边，他就在每年的桃花里寻找妈妈。

## 荷样女子

她是一位出色的女子，有自己的企业，有自己的风景。

她的企业在商界有良好的口碑，如她的人。良好的外在形象，优雅、诚信，令人信服。

她在商界里如一枝荷，风姿独具，清洁而芬芳。

她不是女强人，仿佛一普通的白领，却做事果敢，有勇气、有魄力。她更在意企业是否能有胆略在风险中依靠智慧与谋略去博弈，从而赢得机会。她总会在复杂多变的商海里找到准确的方向，带领企业最先把握机遇。

在一次又一次抢得机遇时，也赢得了别人的尊重。她的胆略与智慧是在风口浪尖里换回的，犹如经验丰富的船长，总会在充满危险的地方，寻找到出路与生机。

忽然间，她把自己的企业全部转手，正在冉冉上升的时机啊！是她觅得先机，还是厌倦了商海的搏击？人们都在猜测。

她看淡了一切，所有想要的都已拥有，只是想换一种生活方式。

她不想再在商海里担惊受怕。虽然，她运用自己的胆略与智慧，一次又一次地占领先机，让企业创造了那么多的财富，可是，整个人总是绷紧了神经，不敢停留，不敢懈怠，不敢喘息，这样的生活，太累了。

她忙得没有时间休闲，没有机会恋爱，整个人只为企业而存在。这不是她想要的生活。

如今，她在郊外租了几百亩池塘，种上莲藕，养上鱼，附近的坡地养鸡种菜，过上了悠闲的田园生活。

从此，她在时光里淘洗生命，朝阳、晚霞、星星、月亮，泥土、溪水，一切都是那么有朝气，与她的内心节拍相互感应。

池塘里的荷叶满满地拥挤着，把荷塘绿得诗意盎然，尖尖的洁白荷花，泛起一点红，就像人生的希望，那么鲜艳而诱人。

有时，她驶一叶小舟，在荷塘里穿行，鱼一样游走在荷叶间。这才是她最想要的生活状态。

那些生意场上的朋友，瞬间成了她田园山庄的顾客，蜂涌而至。

她驶上小舟，带他们去荷塘里采摘莲籽，与荷花合影，这是多么悠闲自在的生活啊！

相片拍出来，大片大片的荷花美得炫目。她也成了一朵荷花，笑得最美。

人生的成功，多种多样。她要的，就是自在的生活，清澈的人生。

## 渐行渐远

高三毕业，她考上了远方的一所大学，他则名落孙山。

父母让他复读一年，仍会有希望。他却不想再读，也许考大学有希望，对她则失去了希望。

他们在高中相互间一直有好感，她是他心中的女神。

他不想仍然待在高中复读，而她去远方读大学。他想跟她在一起，他要去她读大学的城市。

他执意放弃再读，父母劝说、恼怒，皆无甚用处。

秋季开学，她成了一名大学生，他则来到她所在大学的附近一家饭馆打工。他想离她近一些，经常看到她，给她惊喜。

饭馆开在大学的边上，经常会有校园里的学生三五成群过来吃饭。偶尔，她也会来，他就热情地招呼她。看到他，她有些惊讶，怎么会在这里？

他看到她吃惊的样子，很有些开心。他们还是像高中时的模样，聊一些感兴趣的话题，偶尔也会一起在这个城市里逛逛。

他觉得自己的选择是对的，离她近了，就会有更多机会相处。

大学里的生活是多彩多姿的，她除了读书，也会参加各种活动，他在她的空间里所占份额就越来越少。

她有段时间不来，他就会联系她。有时她会接电话，有时则会关了机。

他感觉她正向他不可把握的方向走去。他是舍得花钱的，为她买束花，可以花去一个礼拜的薪水。不过，能拥有她欢笑的时间很短暂，就像送去的花，不久就枯萎了。

有时候，他看到她身边围着一群男生，内心有莫名的愤怒，却又奈何不得。那些男生是她同学啊，谁能阻止她和同学们交往？

他们见面的机会越来越少，她来这个饭馆就餐的次数也越来越稀。

仅仅一年时间，他就觉得她和他的距离越来越大。她渐渐地融入了这座城市，或者说融入了这所大学的生活，而他，仍然是一名外来的打工者。

她就像一尾鱼，他看着她游向了大海深处。

偶尔见面，两人说话也越来越少。仿佛是两个世界的人，她有她的空间，他怎么努力靠拢，也迈不过去。

又一个情人节，他怎么也联系不上她。他买了花静静地等在校门口，直到她出现，才发现她已有人送花。一个和她并肩而行的男生与她有说有笑，仿若高中的他们。

他才发现自己是多么幼稚，怎么可以放弃自己的未来，尾随她来这个陌生的城市。即使他天天看到她，他们之间却有深不见底的鸿沟，距离正在渐渐地扩展变大。

爱一个人，却怎么也抓不住，看着所爱的人在情感里渐行渐远。爱情，不仅有空间的距离，也有文化的距离，身份的距离。

## 她的风景

　　她来自安徽一个偏远的乡村，他来自上海的都市。

　　他们在大学里相遇了，相爱了。

　　爱是多么美好的事，尤其是一对风华正茂的年轻人，两个人在一起，其它的都不重要。

　　他们来自不同的地方，有不同的经历，在大学这一段人生的时光里，相遇在一起。

　　他爱她，她也爱他，这就够了。

　　他给她讲上海的风景，岁月里有他的故事。她给他讲乡村的生活，那些记忆里的点点滴滴。

　　她的故事，令他充满了好奇。他从未在乡村里住过，也不了解乡村生活，对那些长满庄稼的地方，有太多的想象。

　　她居住的村庄，人家并不多，几幢青砖瓦房，散落在高高低低的山涧里，隐隐约约地露出屋脊屋檐，像树梢的鸟巢。

　　土地多，除了庄稼，还有很多的果树。桃树、杏树、梨树、核桃树、枣树、李树在房前屋后旺盛地生长着，演绎着春夏秋冬的风景，开花、结果、成熟、采摘。

　　她家的房子在一条河边，缓缓的河水川流不息，河那岸有大片大片的桃树，一到春天，桃花就云一样映在河水里，美极了。风一吹，甜甜的香味儿就飘过来，空气里弥漫着迷人的香甜，轻轻一嗅，就醉了。

她会站在河岸边望过去，那些桃树上的花谢了，就挂满了果，青青的，嫩嫩的，在时光的流逝里，由青转黄、变红。

屋后的核桃，挂满了树枝，伸手就可摘到。要是不想回家，就在后山，随便摘些果子，就吃得饱饱的。

那样的地方，该有多美啊！他听了她的讲述，羡慕得要忍不住了，真想快些到假期，去她家看看。

她讲的一点都不夸张，那么多的果实，只要想吃，就能吃到。乡村的孩子，就是天空的鸟，自由自在。

熬到寒假，他跟她去安徽。

一路上，颠簸不堪，他晕车难受，几次吐得快要死掉，好不容易才到站。去她家，乡村小道，不通车，还要步行走上40分钟。

当他来到她讲的那个美丽的乡村时，觉得完全不是想象的模样。枯枝伸向天空，一片叶都没有，甭说啥果子了。土地一片萧瑟，冷风吹来，人都躲进了房屋，找不到人影。

他们都忘了，她讲的那些风景，不是冬季，可他就是在冬季来了。还有，她在记忆里的美好，是她自己的感受，他即便在春天来了，也不会有那么美妙的感受。

他在城里生活，大都市的气息早已渗进他的血液，他没有那么敏感地触觉来感受乡村的景色。

她来自乡村，他来自城市，没有人能改变他们从前的那些记忆。

## 她一直都在

他们是一对恩爱夫妻，青梅竹马，两小无猜。他们在很小的时候，就被人当作一对小夫妻，戏弄他们，看他们俩人可爱的样子。

每当她遇到什么委曲或者不高兴的事，他就会挺身而出，挡在她的面前，保护她。她有什么可口的食物，也会偷偷地送给他品尝。

到了婚嫁的年龄，很自然地牵手进了围城。

他很爱她，这个可爱的女子，那么体贴、可人。她也是那么地爱他，他是她的保护神，是她的白马王子。

幸福在他们之间荡漾，这是一个多么美好的开端。

当有新的生命开始孕育时，他们觉得无比的快乐，将会有更多的幸福降临在这个小家庭。

他让她好好地养胎，他把她当成一个孩子一样精心地照顾。

十月怀胎，一朝分娩，那个时辰终于来临。谁都不会料到，一直精心检查的她，最后会出现难产，医生使出浑身解数，也未能救得她的生命。

本来，孩子的降临，会让他们倍感幸福，而现在，孩子的到来，却是她用生命换回的，这让他难以接受。孩子一啼哭，他就会想到她，哪里去寻她呢？

身边的东西，到处都留有她的气息，墙上四处挂有她的照片，他的手机屏保，也是她的身影，她在这个家里的每一个角落。

他的母亲帮他照看孩子，也照看他。母亲心疼他，他这样的状态，失魂落魄。

他不相信她已离他而去。他的生活里还保持她在的习惯，却迟迟不见她的身影。

眼见他日益憔悴，母亲心痛不已。劝他，还是要面对现实，她再好，已离去，不能再回来，而生活还要继续，孩子需要人照顾，一切都需要他打理。

想想也是，父母已日益老迈，如何能再让他们如此操心？

他把一颗爱她的心悄悄地藏了起来，不再悲伤，面庞上多了笑容，生活里多了言语。

他是帅气的，单位又好，人又能干，不缺女人爱慕的。有人牵线搭桥，他见了，也还好，干净、利索，相貌也算俊秀。

他又有了新的生活。

只是，每到他们结婚的日子，他就会去她的墓地看她，在她的墓前絮絮叨叨地讲些他们之间的回忆。

在她离去的日子，去看她，给她的墓上换些花，擦拭去灰尘。

在她生日的那天，到她的墓地静静地坐一会儿，发发呆。

在家里，他把她的一些影像悄悄地抹去，他不想给新的家庭带来阴影。墙上她的相片摘了，电脑里存的相片也储藏了起来。

她从无处不在悄悄地隐藏进一处角落，埋在心底。

一晃，5年过去了。他带着孩子去看她，给孩子讲她的过往。

孩子小，不懂妈妈的概念，家里有一个妈妈，这里还有一个妈妈？

他坐在墓前，想她的往事，孩子在夕阳里奔跑，追一只低飞的蜻蜓，咯咯地笑。

孩子不懂，有人疼他就好。

他会在每一年的那个时刻，来看她。

也许，一直到他走不动了，他还是要来，哪怕是让孩子推着，也是要来的。

只要他在，她就在。

一个人，被人放在心里记着，就是活着。

# 就这么简单

她大学毕业后，考上了公务员。刚进单位不久，就有热心的同事询问她的婚姻大事，初相识，她不愿谈太多，几句话就敷衍过去。

并非她想的那样，热情的同事，不厌其烦地在她面前聊婚姻，尤其是办公室里一位大姐，更是把她当成了亲人一样关心。

她长得出众，行为举止优雅，学历又高，工作体面，自然会有人喜欢，但是她不想做受人摆布的道具，有人询问，她也只是搪塞，并不深聊。

见她不为所动，热情的人就不再遮遮掩掩，对她直言，局里的头儿家有位男孩，年龄正相当，人也可靠，就介绍你俩见见？

她没有丝毫的犹豫，不见不见。

她的直率，令人难堪。

不谙世事的她，实在不明白，人们为什么要对她如此热心。

她是一朵盛开的花，鲜艳美丽，有人相中，就会有人撮合。对她的热心，背后有更多的趋炎附势。

一般的女孩，听到有局长青睐，这是多么好的机会啊，缠住这棵树，就会有藤的发展机会。

她却直白地拒绝了。

热心的人又在她面前鼓吹，这次没有曲径通幽，开门见山地讲明对方的尊贵。

她还是感谢这些热心的同事，对她这么关心，但她还是婉拒了。不像上次那么直接，却也没有留下余地。

难道她就因为长得漂亮，就会有如此贪婪的念想？局长的儿子，县长的儿子，都不能令她动心？

那么多的热心人就有了异样的揣测与猜想。

是她有什么不可告人的秘密，还是她对自己有更高的期望？

相处时间久了，就问她为什么不愿接受介绍的这些男友，她实在不知该如何解释。自己的事情，为什么要对别人和盘托出？

是已经有男朋友了，还是有更高的条件？热心的人死死纠缠。

她终究是单纯的小女孩，没有别人想得那么复杂。实在受不了热心的人关心，她不得不讲出自己的情况：大学里，就有男朋友了，同窗好友。

他很有才华，工作很好，长得很帅吧？热心的人脱口而出。

不是，不是。他长相普通，现在还没有找好工作，家庭条件也一般。

为什么会这样？别人惊讶的目光在她脸上不停地来回逡巡，想要找到问题的答案。

他很喜欢我，而我也非常喜欢他啊！她一脸的天真灿烂。

# 礼 物

男女相爱，相互馈赠礼物是表情达意的一种方式。在这份礼物里，藏有许多细细的纹路，甜蜜的关爱。

他是有钱人家的孩子，出手一向阔绰，送的礼物以昂贵著称。

她是普通百姓人家的女儿，从小到大，花钱都很仔细。

他们有缘相识，是因为他们是大学里的同班同学。四年相处，有了良好的印象，即便他父母不太乐意接受她，他还是愿意和她在一起。

他给她买的礼物，名牌服饰，名牌钻戒，价钱昂贵。她收下，淡淡地一笑，是他买的礼物，她乐意收下。她曾劝过他，不要太在意品牌，有些普通的东西，如果认真去挑选，也会有意外的惊喜。

他表面上答应了，依然故我。他习惯了名牌，他的氛围里是名牌的天下。

她也会给他买礼物，普通的衬衫，却穿着舒适，质地柔软，贴身非常舒爽。

他们在一起，多数是他发表意见，她默默地听着。她喜欢看他神采飞扬说话的样子，也喜欢他眉眼间透出的英姿飒爽。

他是一座山，她喜欢依偎在他身边的感觉，稳重、踏实、安全。

她是一池水，他喜欢和她在一起时的安稳，柔韧、毅力、恒心。

和她在一起，他觉得回到了自然，有风，有阳光，有绿荫，有潮润的土壤里包含的养分，可以随时拔节生长。

她淡淡的微笑里，有自足，有自信，有毅力。他很喜欢。

有时候，和她一起去山上游玩，她会认识很多野果，把那些可以食用的摘下来，洗净，递给他尝，竟比店里的时鲜蔬果更可口。他从来不知晓，山里有些自然生长的东西，也可以吃的。

她给他带来全新的，从未体验过的信息与知识。

他们之间的靠拢，是山与海的相拥。

他给她的是，名牌的昂贵与精致，是价格上的优异；她给他的是，心灵的关照与爱恋，是温暖的体贴。

他越来越觉得她的可贵。她给他的礼物，虽然普通而平凡，却是她在了解他的习惯与爱好后，最吻合的选择，是最满足个性的礼品。

而他给她的，只是金钱的贵重，虽然也有品牌的精致，却是随意的附赠，缺少心灵的关照。

原来，最好的礼物，不是有多贵重，而是有多少关爱。即使一件最普通的礼物，如果有了爱与体贴，这份礼物，就会变得价值昂贵。

而她，是上帝赐给他的，是来关心与爱护他的，还有谁能代替她呢？

通向爱情的小路，是心的靠拢，而这条途径，却是各不相同。有的人是语言，有的人是财富，有的人是礼物，有的人是关爱……

那份普普通通的礼物里，有了关爱的温暖，就成为最打动人心的信物。

# 没有人能回到从前

　　他的电子邮件里收到一封信，还附有相片，他怕是病毒，就在要删的片刻，想起主题上的名字是一个似曾熟悉的人，在遥远的记忆里，有一个女子向他翩翩走来。

　　那时候，她是中学里最漂亮的女孩子，活泼爱笑，成绩也好，他是暗地里喜欢过她的，他却一直不敢向她表白。她对他感觉如何？他不曾知晓。

　　毕业时，他写了好长的信，想交给她。他选了黄昏时分，在她必经的路口，早早地在那里徘徊，等待她经过。风吹动路边的树叶，嘻嘻地笑着，有闷热的空气裹住他，令他焦躁不安。

　　一直等到月亮从东方升起，慢慢地爬上天空，也没有见到她的身影，他怏怏而返。那封信，他放在身边好久，后来，暗自庆幸，当初未曾遇到她。要是草率地交给她，会被她嘲笑吧！她是那么地骄傲。

　　后来，天各一方，再也没有了她的消息。

　　他大学毕业，先在一家企业里工作，后来，去了机关，在工作的不断变换中，唯一不变的爱好是写作。随着时光日久，他的文字经了岁月的熏陶，变得有滋有味，读来令人爱不释手。

　　他在报刊上开专栏，写连载小说，声名日隆。

　　他索性辞去了工作，专营自己喜欢的写作。他的书成了书店的抢手货，一印再印。

当初辞职时，有许多亲人阻拦，要他再考虑考虑，不要一时冲动。写作这件事，终究不是一件稳妥的职业，要是哪一天写不出来作品了，饿肚子是没有高尚卑微之分的。

但是，他的妻子是支持他的。相信他可以做出成绩，足以给家庭一份安稳的生活。最令他感动的是，妻子对他说："你要是真有写不出来的一天，再找份别的事干，再差也会有碗饭吃。"

他忽然觉得妻子是多么地可爱，平凡的话语里是对他无比的理解。当现实与梦想发生矛盾时，亲人的支持比什么都重要。

他不负妻子所望，作品越来越受市场欢迎，原来的担忧早已消失。

她就是在书店里看到他的作品，才找到他的联系方式的。在书的最后页角里，有他的电子邮箱，那是给读者互动联系用的。

她如获至宝，当即就给他写一封情真意切的邮件。

他打开邮件，有她对他的喜欢，有她一直以来苦苦的寻觅，还有她内心的煎熬与守候。

也许，当初要是他能把那封信交到她的手上，他们就会是另一番模样。然而，所有的过往都不可能重新演绎。

也许，他是喜欢过她的，如果有机会，他们会牵手走到一起的。然而，这份迟来的爱，令他觉得如同时光穿越。

他已经心有所属，已有了相守一生的爱人，不会再对别人许诺爱情了。

他给那封邮件回了淡淡的几个字，没有留下任何别的联系方式，就删了。

即使旧时光再美好，也没有人能回到从前，过去的就留在记忆里吧！

倘若忍不住，非要翻出来，也品尝不到最初的甜蜜滋味。

# 视 线

　　向远处眺望，道路两旁，有树，树上有鸟，行人三个，奔驰的黑色轿车一辆，路边有房一幢，两层红色小楼。

　　再仔细看，路两侧有绿化带，三五簇花从中露出头来，迎风招展。

　　还有什么呢？能看见的，还有绿化带里唧唧鸣叫的虫，黑色的沥青路面。这些景物，是在300米范围内的，若是看到400米处，会有更多的人和车在路上，也有许多高低不一的楼房矗立路边，800米远的风景会有更多。

　　能看到什么和这里有什么是绝对不一样的，实际存在的和所见的永远不会一致。

　　不同的人看到不同的风景。有的人目光所及，风景层次各异，尽收眼底；有的人，望来望去，所见大同小异。

　　"你站在桥上看见景，看风景的人在楼上看你。"风景是流动的，是活的，眼睛里有内容，就会看到更多的风景。

　　心细，眼疾，智慧，看到的风景就会与众不同。有的人看花草，有的人看建筑，有的人看古董，有的人看痕迹，有的人看历史，有的人看未来。都是风景，却不是每一个人都可以全部看到。目光能看多远，与人的阅历、知识、思想、智慧、胆略有关。

　　高手下棋，行三五步，即可知胜负，因为后面的层层步骤已落下行踪，余下的只是沿着前面的轨迹行走。

目光远大的人，不会在意一城一池的得失，眼前的景致，一切已了然于胸，不仅可以穿越时光，也能洞察未来。

有些人不愿意了解过去，更不愿相信未来，只愿抓住现在。所以，现实的女人会在意男人的财富、地位、官职，紧紧地抓在手中，以为这就是最理想的状态。

每个人都渴望过上品质好的生活，有优厚的物质条件，然而，这些东西都掌握在人的手里，人却是一个变数。有的人最初是金光闪烁，不久后就会黯然失色；有的人起步时一文不名，随着时间地推移，却会越来越有份量。这就需要敏锐的洞察力，需要智慧把握。

杜十娘阅人无数，把爱情系于李甲身上，还是缺乏远见，不能洞察李甲的思想，毁了自己的从良梦。她不缺钱，不应仅仅从金钱上去考察李甲，更应考察的是李甲是否能承担起一个男人的责任。

出身卑微的梁红玉，得以结识韩世忠，倾心相许，得以名垂青史。她看到他的忠与直，也看到他的宽厚与良善，这样的人，就是她的归宿。

有的人看到眼前的名利，有的人看到一生的富贵；有的人看到短暂的享受，有的人看到长久的幸福。

这就是视线的距离，因为看到的不同，付出的不同，所以得到的不同。

## 锁的爱情

锁和门相爱了，他们紧紧地拥抱在一起。

寻找了好久，挑选了好久，在太多的艰辛之后，终于决定在一起，那时刻，他们是多么地幸福。

锁和门成为一家人。他们开始过上了朝夕相处的生活，朝朝暮暮，日月星辰，风风雨雨，他们紧紧地拥抱在一起。

开始，他们是幸福的，终于有机会待在一起了。没有锁的日子，门是没有机会固定成一个方式的，有时关起来了，风一来，又打开了。风猛的时候，门一张一合，就像被嬉戏的玩具，雨落下来，随风飘进来，似乎不需考虑门的感受。

有了锁的关爱，门觉得很幸福，他们紧紧地联系在一起，风再猛也奈何不了。听风呼啸地吹，门笑着迎上去，风只好无奈地转身而去。雨水打在门的身上，再也飘不进去。

门对锁说："谢谢你。是你让我有了拒绝别人的能力。"

锁乐呵呵地答："这是我喜欢做的，为你把关，是多么地幸福啊！"

门和锁拥抱得更紧了，他们觉得这样的生活真是幸福。

时间久了，室内的空气浑浊不堪，呼吸不畅，门对锁说："你松开手，让我呼吸一下新鲜的空气。"

锁说："你忍忍吧，我要是松了手，就会有风雨不期而至，连苍蝇、蚊子、老鼠也会迫不急待地钻进来。"

门说："可是我实在难受，这里的空气真的沉闷，浑浊。"

锁说："这是一种代价吧。为了你能更干净地生活，我不想松开手。"

锁把自己搂得更紧了。

风雨扑打过来，因为锁的紧握，门严丝合缝，风雨只能在门外呼号，折腾一番过后，遁迹而去。

门曾经的幸福感渐渐减少，她想要锁偶尔松开手，让她有自由的空间，透透气，即使偶尔有风雨飘进来，也不是什么坏事。门有些怀念以前的日子，和风嬉戏，和雨结伴，也会有苍蝇、蚊子不断地飞舞，落叶和蜘蛛在屋里到处都是。

锁紧紧地拴着门，他总是记着门最初对她说过的话，他要好好地保护她，不让她受伤害。

锁有时候也会感到疲倦，但是一想到门的需要，他就会义无反顾地攥紧自己的双手。

门在锁的控制下，由最初的幸福、开心，变得郁闷、痛苦起来。

门想和锁好好地谈谈，让他还给自己自由，锁固执己见，根本不想和门谈心。

时间一天天地过去，锁忠心耿耿，牢牢地把门与自己固定在一起。

由于缺少开合，锁渐渐地生了锈，他虽然感到难受和痛苦，可是他不愿放弃最初的承诺，他要给门最好的相守，紧紧相依。

锁身上长满了锈，门想打开，他依然不从。

有风雨袭来，不停地吹打着门，锁紧紧地握住自己的手，却有些力不从心。门在风的用力吹打下，渐渐地张开了一丝缝隙。风继续用力，锁终于无力握住，落了下来，门一下被风吹开。

室内的污浊空气，和风有了交换，雨也洗去了室内的尘埃。

门又开始了原来自由自在的生活，锁却伤心地被摔在外面的雨水里，锈蚀得更厉害了。

# 纸

他有些厌倦她的柔弱，似乎是一枝随风摇摆的柳，不像别的女人，有时柔媚，有时坚强。他也曾喜欢过她的柔弱，那时，他觉得她是温柔多情，小鸟依人。

是什么时候，他有了变化？

他也记不清了。他有自己的企业，正在爬坡阶段，需要他花费很多的精力，应酬、管理、开拓、谈判，事事需要亲历亲为，她却一点忙也帮不上。他多么希望她能在他的企业里有所作为，把核心部门管理好，可是她不能。

他看到身边那些男人，一个个都有贤内助，打理企业得心应手，男人只是在外面应酬，他就感到羡慕。要是自己的那一位也能这样，该多好！他早忘了当初的誓言，他曾是对她多么地满意。

男人对女人，态度是会变化的。也许此时渴求与爱慕并存，也许彼时则已厌倦与烦恼相随。是什么改变了这一切？

时间，年龄，地位，追求，经历，还是人生的欲求？

随着男人的事业上升，他的想法也会改变。最初的单纯爱恋，会有更多的东西随着时间的推移而不断地变化，原来的纯度慢慢地淡去，有的则已变质。爱情的柔软被需求的硬度刺得遍体鳞伤。

他的企业里有一位女孩，很是受他青睐。女孩做事得体，精明能干，他想，要是自己的妻子能如此精明干练该有多好。

他带着女孩去应酬，出差，谈判，女孩的口才与风姿，越来越得到他的倾心。

渐渐地，他把女孩当成他不可或缺的臂膀。企业里的一些事，会更多地放给女孩去做。

如此，一切难题似乎得到了解决。她不喜欢企业里的事，就由她去，有人能做就行。

然而，有一次，他带女孩出去应酬，醉得不醒人事。女孩搀他去酒店，安排他休息。他完全不知道，女孩有心计。待他酒醒，发现两人赤身裸体地待在一起。他实在想不起来醉酒之后做了什么。女孩却不依不饶：他们在一起，是他主动的。

他也厌倦了她，如果能与女孩走到一起，结局也算完美。

他想和她谈谈，和平分手。

当他想到，身边的这个女人真的将要从此分离，多少还是有些不舍。不过，有更好的女孩在等他，他毅然地下了决心。

他欲言又止，她仿佛读懂了他的心思。柔弱的身躯，第一次挺直了，目光也坚定起来。他忽然感到了从未有过的心虚。

怎么向她说？

他想把拟好的分手协议，打印出来，给她签字。抽出纸，轻轻地，划到了手，痛，一抹殷红的血从手指尖上漾出来。

柔弱如纸，有时也会锋利如刀。

他再看她，竟一点也不慌张，对他说：任你有什么过错，只要坦诚地讲出来，就会让其过去。他原以为她会痛哭流涕，六神无主，完全不是。她有自己的主张，她有自己的坚持。

他忽然感谢一张柔软的纸的锋利，是它教会他从不同角度读懂人生的多重内涵。原来，柔弱在不同的时候也是拥有多重含义的。

# 空　地

　　楼前有一片空地，荒着，长满了各种各样的草。春天来时，也会开出各色的花来，可惜，秋天到时，就会荒凉一片。这片空地，原来是小区里规划建公共设施的地方，开发商没有把配套建设做好就溜了，那片地就那么空着。妻说：要是能在那片荒地上种满花草，那可赏心悦目了！推开窗就能闻到香味了，隔着玻璃就能观赏美景了。这样的设想是美丽的，可惜谁来种上美丽的花草呢？地就那么荒着。

　　有一些闲不住的主妇，自己动手开垦出一块块小小的地来，种上葱、辣椒、茄子等植物，虽然没有花儿美丽耐看，倒也整齐地绿着，结出的果实点缀其间，竟然也不逊色于那些花花草草。偶尔还能从左邻右舍的劳动中享受到一点果实。烧菜时，缺根葱，下楼薅几棵好了！

　　可惜，物业管理不知什么时候竟把那些绿意盎然的蔬菜铲了，那片空地又恢复了荒芜的模样。妻恨恨地说：这物业管理什么来着，他们就想让这片地荒着？我说：荒着就荒着吧！我们可以朝远处看啊！那么一大片空地，视野宽阔，连天空都是那么完整，多好！妻听了我的话，抬头望了望窗外，笑了。真的呢！我一直注意着那片空地，原来抬头看到的蓝天竟然也这么美！

　　没等我们欣赏几天蓝天，那片空地上就来了不少施工人员，拉起了高高的围墙，开始，我们以为他们是搞起这片空地的美化来了，却不是。打桩机轰鸣不止，日夜不休，有居民打听到消息，前面要建两幢大楼，做四星级酒店。明明前面的这片空地是规划成小区配套建设的，怎么会建高层建筑的酒店呢？

居民们开始寻找各个部门，阻止那片空地上的建设，哪怕就让那片地空着也好。没有美丽的鲜花，却可以呼吸到清新的空气啊，眺望到如洗的蓝天啊，这可是我们当初买这套房子时得到的承诺。

居民们与开发商打起了仗。开发商为利益而战，居民们为权利、为蓝天、为阳光、为那片空地上的荒草而战。这场战役打得持久而且艰难，开发商有的是金钱与关系。可是，居民们不退缩，坚持自己应有的权利，螳臂挡车。这场战斗打得艰苦卓绝，几乎每家每户都为此牺牲过太多时光，大家凝聚在一起，努力争取，终于硬是把开发商从这片空地上驱赶走了。

这片空地又干净地展现在眼前。许多过往的人叹息说：这么好的地空着，怪可惜的。只有我们明白，即使是片荒芜的空地，也是经过那么艰难的争取，才得以这样干净地空着。

## 谢谢你的爱

　　他们是在网上认识的，他在一个论坛上的发言引起了她的注意。后来他们加了QQ，经常一起聊天，话题从宏观世界到身边生活。

　　随着聊天的机会渐多，他们之间也有了更多的默契。他们从未谋面，也未曾视频过，却似乎是身边熟悉的朋友，对方的身影在心头是那么熟悉。

　　好久了，他的QQ一直沉默地黑着，不知是什么原因。她给他的QQ里留了许多话，总是没有丝毫回复。他怎么了？她的心头掠过一丝隐隐的不安。

　　三个月过去，他没有一丝信息。

　　她再也忍不住了，决定去他所居住的地方看望。

　　她与他聊过双方的情况，知晓他的详细地址。当她来到他的家时，她愣住了，这是他的家？乡村里的一隅，几间破旧的瓦房，落寞地静立在空旷的村尾。村里人告诉她：他几个月前开车外出拉货，路上翻车，进了医院。

　　她寻到了那个医院，没有任何介绍，也没有任何多余的话语，她就认出了他。其实，当她来到他的面前时，他也知晓她是谁！

　　是那样地熟悉与自然，她开始照料他的生活。

　　她相信他会好起来的，他也积极地配合治疗。

　　她按照医生说的方法，帮他按摩，为他搓腿，揉背。

　　他双腿不能行走，她就背着他，让他经常出来晒晒太阳。

　　后来，出了医院，她来到他的家照料他。

他没有父母，她成了他唯一的亲人。

他们之间从未有过约定，也没有确定过恋爱关系，然而，她却当他是自己的亲人，细心地照料他的生活起居。

她精心地照顾他，他也格外努力地进行恢复锻炼，身体却一直不见好转。没有知觉的双腿，无法行走。他由原来的信心满满变得伤心失望，脾气也越来越暴躁。

时间就像水一样流过，一月一月，一年一年，一晃，过了三年。

她还是像刚来到他身边时那样，对他无微不至，他却不再有信心，对自己的未来悲观失望。

看到她那么辛苦，他的心很痛。他知道她爱他，也懂得她是多么地可爱，可是，他却不能把她留在身边。

他开始撵她，向她发脾气，对她冷言冷语。她像没有听到似的，还是那样细心地照料他。

不管他如何驱她走，她都不愿离开。

他不敢给她承诺，也不能给她未来，他实在不愿耽误她的未来。

实在想不出更好的办法，他决定来到一个电视节目上，想让别人劝她离开。他们之间，原来不曾有过相守的约定，现在也没有相依的承诺。分开，是最好的方式。

当他们的故事，在节目中娓娓道来，原是那样深情，她的不离不弃，他的深情拒绝，把一份平凡的情感染上浓浓的味道。

他其实是爱她的，是需要她的，只是他不想拖累她。有她在，他是快乐的，也有一份内疚。

而她，对他是那样的亲切，就像挚爱的亲人。

即使没有任何誓言约定，也可以相爱到永久。

原本，他是想要她离开的，然而，她却决定要在一起。

他们，最后紧紧地拥抱在一起，他泪流满面，她也脸上挂满了泪珠。他们是幸福的，泪水流过之后，他们都会明白，真正地爱了，就这样平凡地相守在一起，虽然没有惊天动地，但是也感人肺腑。

# 阿 姐

邻家阿姐长得漂亮，人又和气，他很喜欢。16岁的少年，偷偷地暗恋邻家阿姐，悄悄地关注她的一切。

阿姐像对弟弟一样，见到他会用手在他的头上抚摸一下，温柔而亲和。阿姐有时还会把可口的小吃塞一把给他，他舍不得吃，一直在床头放着，那些东西上面有阿姐的香味。

他想，要是自己长大了，就会告诉阿姐，他要娶她。有阿姐这样的女子做老婆，可是好极了。

没等他长大，阿姐就要嫁人了。传出这消息的是阿姐的妈妈，她一脸喜气地告诉邻居们，阿姐找了一个好男人，在遥远的上海。

阿姐也笑盈盈的，那份欢乐是从内心里流淌出来的。他不知道阿姐喜欢的男人是什么模样？那个男人能配得上这么美丽的阿姐吗？会比他更爱阿姐吗？

他有些伤心，然而，他却无法阻挡阿姐嫁人的脚步。

阿姐家开始采购嫁妆，大红大红的各类嫁妆被一件件地搬进家里。

那天，他早早地醒了，听到阿姐家传来响亮的鞭炮声。他的心在流泪。

他挤进人群里，看阿姐出嫁。

迎娶的轿车排了长长的队，从路的东头一直排到西头，车上都有红红的双喜。

长长的鞭炮响起时，阿姐穿着红嫁衣从楼上下来，一个高高大大的男人抱着她。

天很燥热，许多蜻蜓在天空飞舞。

有一首歌响起来，

"阿姐要嫁人了，

她要去远方，

一位帅帅的阿哥爱上她，

娶她做新娘。"

……

在音乐声里，车队启动了，阿姐被人娶走了。

他很失落。

整个夏天，他都觉得沉闷而压抑，他找不到一点开心的事。他恨自己为什么不快点长大，比那个男人更早赢得阿姐的心。

无论多痛苦的事，都会在时间的流逝里渐渐淡去。

他渐渐地长大了，成了一个帅气的小伙子。

原来的邻居随着拆迁，都四散而去。

阿姐也成为他记忆里的一个人。

那天，他和女友在咖啡馆里喝咖啡，出来的时候，见一个妇人搀着一个男孩路过，那个妇人衣衫粗糙，人也憔悴不堪。忽然间，她有些怔怔地盯着他，"你是阿宝吧？我是你阿姐呀！"

他的记忆一下子晃过那个下午，满天的蜻蜓在飞舞，音乐里响起一首歌：

"阿姐要嫁人了，

她要去远方，

一位帅帅的阿哥爱上她，

娶她做新娘。"

这是那个阿姐吗？

他想起那个夏季漫长的痛苦，觉得不可思议。

他长大了，会娶阿姐吗？

　　他只会娶那个记忆里的阿姐，不会娶现在的这个。也许，他根本就不会娶阿姐，只是那时候，他暗恋一个美丽的女子。

　　但是，他一听到那首歌，还会觉得那时的记忆是多么美妙，那个阿姐又漂亮起来。

# 下一双皮鞋

女人永远缺一件衣服，女人也永远缺一双皮鞋。

她的鞋柜里足足有30双皮鞋，依然想要买鞋。

买就买吧，还非要他陪着。上街购物，女人希望男人跟着，她购物，他付账。

他虽然不愿意，但是也要照顾她的情绪。街上店面林立，她乐此不彼，欣喜地一家一家转悠。

店里的服务小姐，眼贼精，嘴恁甜，一瞄就懂得客户肯不肯掏钱。

她喜欢那些服务小姐的甜言蜜语，非常受用，令她倍感愉快。

鞋架上的鞋真的漂亮，他看着花花绿绿的各式鞋子，惊叹商家的精明，女人的钱好赚。

她在鞋架间穿梭，他能感觉到她的恋恋不舍。有的鞋子，那款她已有了，她还会看看不同颜色的，不同用料的，她更像一位鞋子收藏家，要把世间的鞋子一网打尽。

即便他愿意掏钱，也要看看家里有没有地方放，她在心里应该是有权衡的。

她在鞋子面前细心挑选，他像一尊石像，坐在一边静等。

女人对购物真是有耐心，他从心里佩服。

看到服务小姐失望的眼神，他都有些不好意思，那么热情地招呼半天，试来试去，最后没买一双鞋子。

他真的愿意她抓紧买一双，要是不买，她可能心有不甘，买了就算交差了。

她不紧不慢地挨着逛，一片店都是精品鞋，就像走进了美丽世界，她逛得心花怒放，他却累得腰酸背痛。

一定要让她快些下决心买双鞋子，这样才可以结束今天的逛街之旅。

她再看鞋子，试穿鞋子，他就会揣摸她的想法，旁敲侧击，为她打气。

她看中一双鞋子，在试穿，真的不错，他从内心里发出一声赞叹。她听了，望了他一眼，不相信似的瞧着他。

又发现一双，她不厌其烦地试穿。

他看到她内心燃起的欲望，他能读懂她的内心。不过，就在他想夸一句时，她却主动地脱了鞋子。

他真想她快点买吧！不要再折腾了。

她转过身来征求他意见，他不知该不该发言。

她是动心了，却没有最终拿定主意，差他一句鼓励，或者一声赞美。

"今天逛的时间真的太长了。"他只是顾左右而言它。

她看了看他，有些歉意。也许是他这一句话，她决定买了。

原以为她会这样打道回府，居然还要再逛下去。

这一家店，她刚进去，就被一款鞋吸引了。她的目光盯在那双鞋上，久久不愿离开。

从鞋架上拿下，试穿，她的内心里有一种坚定。也许她后悔刚才那么草率地决定买了一双并不是十分满意的鞋子。

店里永远都会有下一双更好的鞋子，可是谁有精力逛到最满意的时候再下手？

如果是婚姻，发现了更好的那一位，是不是毫不犹豫地放弃已拥有的这一位？

鞋子可以一买再买，身边的人却不能一换再换。

也许女人注定要从购物里找到这种满足，才会痛下决心毫不吝啬地大把花钱，女人需要这样的快乐。

女人的鞋子不是买来穿的，她买的是一份快乐心情。

# 那个地方，那个人

她是他的初恋，他们爱得执着而热烈。

因为她，因为爱情，他感到一切都变得美好。他们吃可口的小吃，看新上映的影片，到想去的地方旅游。

他们去厦门，到鼓浪屿游玩，吃地方小吃，拍一大堆照片。

他觉得，厦门那个地方真好，海风吹在身上，不猛烈，也不和煦，恰到好处，就像美好的爱情，甜而不腻。

有时候，细细回忆去过的地方，唯有厦门给他留下的印象最深。

后来，他们分手了，也痛过，也哭过，可过去的事，只能过去了。

他想去旅游，排解一下内心的忧伤，最想去的，就是厦门。

一个人，抵达厦门的当晚，就沿着海边的路，闲逛。风也不是原来的风，海也不是原来的海，一切都变了。他怎么也找不到最初的欣喜与美好！

看身边来来往往的游人，那些面庞上的笑就像是表演的一样，怎么看都不真实。

看海面上跃动的船，在风浪里起伏，更觉得是一出戏，一段视频，无法进入角色。

原来，孤独是深入骨髓的。

如果，一个人能找到两个人的感觉，一个人可以拥有两个人的愉悦，那么，爱情就失去了本来鲜艳的颜色。

后来，终于有别的女孩走进他的心，与他相亲相爱，抹平了他心中的丝丝伤痛。他想带她一起去看厦门的海。

选的时间，去的地方，都是以前的，却再也找不到原来的风景。时间过去了，身边的人也变了，就连自己，也早已不是原来的那般模样。

厦门一直在心中美丽着，是美丽的厦门，还是那段美丽的情感？

或许，厦门是美丽的，更美丽的是那个曾经的她。

去过的地方，相爱过的人，如果曾经触动了心灵的琴弦，一定不会轻易地从记忆里消逝。

他忽然明白，厦门一直是美丽的，但与他记忆里的美丽有所不同。

原来，相爱的那个人，也是一道风景。

那段青春，那个地方，那个人，组成了一道完美的风景，缺了谁，都是遗憾的破坏，都无法重现当初的美丽。

所以，曾经的风景只能在记忆里重现，怎么寻找，也不可能找到最初的美妙。

那个地方可以再去，身边的人却不再。

身边的人可以相伴，逝去的青春却不再。

时光就像一条河流，把一切都带走，我们只能在时光里随波漂流，而无法一直站在岸上看风景。

# 擦肩而过的人

社会就是与许多人不停地产生交集的过程，有的人因为地域、工作、亲情、友情、职业，而发生关系，会一再地相聚；有的人，只是生命中划过的一颗流星，有那么一个机会相遇，之后从此成为陌路。

在西湖，游三潭印月，同船的人有两组，景致处，必会有留影，船小，怎么也躲避不开，每一次合影里，都会有不相识的对方进入相机的视野，他或者她是谁，做什么的，都不用知晓，只是知道曾经在西湖，曾经在某年的夏季，在这里与他们相遇过。

每每翻看这些相片，除了记忆里的风景，还有这些陌生人，也留在记忆里生了根。现在图片处理技术升级，可以PS掉不需要的人物，想来想去，觉得没有必要，虽然不相识，却也是一种缘份，甚至成了过往生命里留下的一个符号，是一道痕迹。

去北京，游长城，去天安门，自然拍了许多图片，尤其在长城，每一块古砖，都是一份历史的见证。忽然想起，到此一游，还没有和长城合个影，身边一个女孩，金发碧眼，是一个英国学生，请她给拍张相片，欣然同意。

相机咔咔之后，她又请别人帮忙，他们一起合了一张影。他与她，从此跌落人海，了无消息。

在街头的旧书摊上，一群爱读书的人在淘书，他挤在人群里，翻拣那些泛着岁月痕迹的旧书，有的卷了边，有的缺了角，有的沾了水迹，有的折了页，有的脱了线，有的盖着印章，除了书本身的内容，每本书都有了一个阅读与收藏的故事。

他翻翻拣拣挑了一大堆，又发现一本，伸手去拿，和一个年轻的女孩的手触到了一起。仰脸，会心一笑，"你也喜欢？"

女孩喜欢，这本书搜了好久，她非常喜欢。这是一本小众图书，发行量小，重印的机会不大，他也喜欢，却不想夺人所爱。

"你拿去吧！"他爽快地对她说。

"谢谢。"她眉飞色舞。

他想，她要是遇到喜欢的那个人，也会是这样欣喜吧？她一定是一个真诚、执着的女孩子。他真心地祝愿她快乐、幸福。

在宜兴旅游，坐公交的时候，怎么也掏不出零钱，许多乘客都在等待中用异样的目光望着他。尴尬的状态令他无地自容，一个女孩摸出一元硬币，塞进投币箱，转身向他莞尔一笑。

忽然间，他觉得这是游宜兴最美的一个景致，投进他的心湖。

下车，她随人群很快消失，他连再说句话的机会都没有。

……

有那么多的人，注定只是一次短暂的相遇，却能在心头荡起一丝涟漪，在生命的旅程里绽放出馨香的花瓣。

即便是擦肩而过又如何？只要能在别人心头绽放一次美丽的记忆，就不枉茫茫人海里的一次机缘相遇。是他们，给这尘世绘出美与好的景致，虽然未曾在石上铭刻下痕迹，但是却能在人的心里留下记忆。

# 老地方

他们相爱时，最喜欢去的地方，是一家咖啡馆。

那家咖啡馆偏居城市的一隅，那一片地方安静，与这一家咖啡馆相映生辉。他们都很喜欢那家咖啡馆，静静地坐在那里，聆听一曲曲音乐，轻啜一杯咖啡，人生仿佛坠入另一种轨道，飘散在眼前的是曼妙的景致。

每个周末，他们都相约聚在这个地方。

相恋6年，这家咖啡馆成了他们的老朋友。他们之间的点点滴滴都在这里有了记忆，凝聚成画面，雕刻进时光深处。

最初发现这个地方，是一次偶然。他们去郊外游玩，回来的路上遇了雨，躲雨的时候，发现了这家咖啡馆，一见倾心。人与物的缘份，和人与人一样，有契机，有喜欢，有藏在深处某种暗暗的吻合。

他们常常在周末，手牵手相约去这家咖啡馆，共度美好的时光。

安静、独特、气质、韵味，还有什么与他们暗暗相吻合。城里的咖啡馆、茶餐厅之类的休闲场所有很多，穿城过巷到这里来，是因为这里有他们需要的氛围。

当一个场所以它独有的韵味吸引了你，就会像被情人迷恋一样，不顾千里万里，依然追寻而去。

他们习惯了这里，甚至于每次来都要坐在临窗的那个位置，连服务员也熟悉了他们。当他们一坐下，即刻就会端上两杯他们需要的咖啡，微笑着向他们打招呼。

那个临窗的位置真好，隔着玻璃，可以清清楚楚地看到外面的世界。里面是安静的、文艺的、休闲的人群，外面是奔波的人群在街道里川流不息。

后来，他们一到周末，就会不约而同地说："去那个老地方！"

是谁先说出"老地方"这个称呼的？他，还是她？早已忘了，但是这个称呼却在他们的心中烙下了印。

相恋6年，这个老地方陪伴他们6年。最终，他们还是分手了，没有能够走到一起。

那里的一切，人、景、物，包括咖啡馆外的老树、街灯，都已留在记忆里了吧？

他们分手后，她依然怀念那个老地方，一想起那些旧时光，就会有无限的思绪飘进记忆里，挥之不去。他却不敢再踏进半步，怕触景生情，怕睹物思人，怕旧情难忘。

她不知他是否还会去？也许，他不再和她联系，也就没有必要再去那个地方了。

那个老地方，是属于他们两个人的，是藏在两个人心中的一道风景。即使分手了，老地方还在，过去的记忆还在，就像情人分开了，在一起的时光却永远也分割不了。

每个人心中都会有一个老地方吧？不论以后去，还是不去，都会难以忘怀。直到白发苍苍，一提起老地方，还会脸色泛红，想起当初的那个人来。

老地方，永远有一个可爱的人藏在记忆深处，永远那么可爱地站在岁月深处，从来不曾老去，也从来不曾忘记，最初的容颜，是最喜欢的模样。

与老地方一样不能忘怀的是，有一首歌慢慢地从岁月里流出来：一想到你呀，就感到快乐！

# 男人的另一面

他不是一个好男孩，贪玩、调皮、学习不好，虽然算不上坏男孩，但是离好男孩的标准差得远多了。

他的家境很好，家里人都期望他能出类拔萃，成为一个令人景仰的男人。他偏偏背离家人期望，甘做一个平庸的人。

原与他一起玩耍的人都已脱颖而出，在各种行业里出人头地，他却一事无成。

父母对他失望之极，却又无可奈何。

面对原来经常在一起的亲友，不论别人怎么样瞧他，他都无所谓。不知是表面强装的，还是真的不在乎。

有一种男人，积极向上，身上背着许多期望，亲人的、朋友的，甚至自己也会加上砝码，负重向前。有的男人，没有远大目标，要的是快乐，按自己想要的生活方式去做，不在意别人的目光，也没有什么负担。

说不上哪个男人更好。

在别人眼前风光无限，引人羡慕的男人，自己的空间里，却会劳累不堪，活得并不尽如人意。

平庸如常的男人，不在意别人的目光，却能在人性里找到真谛，懂得真的快乐比什么都重要。

世俗的成功，与真正的快乐，天平是称不出谁重谁轻的。

他在别人的轻视中，却拥有自己的快乐。

他不是一个成功的男人，他没有较高的学历，没有成功的职位，没有别人羡慕的前程。然而他有快乐，这份快乐是他自己独享的。

因为他快乐，所以他自信。别人认为他没有成就，而他自己觉得别有洞天。

发现他与众不同的，是一位女孩，这个女孩是名牌大学毕业的，聪颖、智慧，在许多成功人群里，却偏偏喜欢上他，并力排众议，与他走到一起。

他有什么？

许多人不解。

他特立独行，那是他多年来养成的个性。

他乐观、坚定，不在意别人的非议，有他自己的价值观。这是多么重要的男人个性啊！

在她的支持下，他开始了自己长远的人生规划。

他脚踏实地，一步一个脚印，走得很扎实。

他在别人眼光里是一个平庸的男人，在她这里，却成就了非凡人生。

原来，每一个男人都是可以熠熠生辉的，只是需要一个能够发现并赞赏他的伯乐来发掘。

# 你要懂得欣赏

她是他的上司，她才华出众，管理有方，既得领导欣赏，又有员工支持。正是春风得意，却也有烦恼之事，眼见年龄已触近30岁，不提便罢，一想起内心就会阴霾密布。

也许，她对伴侣也像对待工作一样，不容一丝瑕疵，能够选择的人就越来越少。现在，回过头来看看，当初的毛头小伙，经岁月打磨，也变得光彩耀人。原来不屑一顾的男人，现在发现也有诸多可取之处。

她把自己原来狭小的挑选余地放宽，视野大了，见到的人就多了。

他是在此时进入公司的，正好在她手下做事。他长得帅气，也有自己的主见，遇事会发出自己的声音。

开会，她照例在讲完事项之后，进行例行的询问，以往，大家会谈些可有可无的话题，或者热烈地鼓鼓掌，会议完满结束。

他却不知天高地厚，对她的发言，进行一二三细细地推敲，谈了自己的观点，虽然不是否定，却是在补充，自然显出他略高一筹。她当时心里有火，却不便发作，而他却视而不见，对她的观点进行周密的分析。

当同仁对他的不谙世事，略有担心时，她却对他已释然。这个小男人，显出他与众不同的一面。

在晚间，她细细想他的那些话语，明显是对的，而且考虑得更有全局观。她不明白，这样的年纪，他怎么会有这样的视野？

出乎所有人的意料，她对他另眼相看，给予他更多的机会。

他是一条蛟龙，有大海就会唤雨，有天空就会呼风，只要有展示的空间，他就会显出自己的本领。

她越来越喜欢他。这样的男人，即使用起来不那么顺风顺雨，但会令人青睐有加。哪个女人，不喜欢有真本领的男人？

他除了在工作上较真，其它时候，对她还是非常敬重的，这令她愈发地喜欢。

她有意地把更多的事情放给他去做，偶尔也会闲聊般地听听他的看法。他就像一头渐长渐大的雄狮，野心勃发。她知道，既要给他阵地，又要适当地让他懂得不可预料的风险。

她把握好策略，经营这头雄狮。

是的，他虽然有技术，但是在实战中还是缺乏经验，有时候，面临一些问题，还需要她亲自出马。

她带着他，让他看到她处理问题的游刃有余。

原来，她在不动声色地向他展示自己，让他了解她，懂她。

也许，爱是在慢慢地熟悉中建立起来的，他越来越喜欢她。

如果发现他的锋利，不是给他冲锋的机会，就会令他慢慢地失去锋芒，只有不断地给他舞台，锻炼他，锤打他，这才可以获得一个更完美的男人。

也许他不一定就会属于自己，但是至少是一件自己创造的作品。

此刻，她才明白，自己多年来一直在寻找一个满意的男人，却从未想到培养一个男人。

原来，要想得到一个好男人，你要懂得欣赏他，发掘他，给他机会，给他舞台，和他一起成长。

# 他不是钻石

他们是青梅竹马，他很爱她，她也非常爱他。

小时候，他们一起上学，他帮她背着书包，她给他带零食。他们关系密切，情感浓厚。

她成绩非常好，是班里的好学生，他成绩一般，坐在班级里，是永远引不起老师注意的人。

她督促他好好学习，他嘴上应着，心里毫不在乎。她以为会有作用，等成绩单下来，还是老样子。

她对他有满心的希望，他会成为一个有能力的男人，她希望自己是帮助他向上走的动力。

她考上一个非常好的大学，他只上了一所三流的大学。她对他说：你不要放弃努力，只要好好学，不是名牌的大学，也会成就一番事业。她给他打气，给他信心。

他们在两所大学里读书，在两个城市里生活。他给她打电话，她会提醒他，不要忘了她的嘱咐，一定要努力。他还是答应着，过后就忘得一干二净。

她有好多人追，但是她只爱他。

他虽然不出众，却也有女孩喜欢，但是，他在心里只爱着她。

她期望他能幡然醒悟，然后奋发图强，成为一个顶天立地的男子汉。

大学几年，一晃而过，他进了一家企业，她考上了公务员。

他的生活安逸、悠闲，她则事事争强好胜，想要出人头地。

她比以前管他更严，企业里的上升通道更好，勤奋努力的人会有更多机会。她对他耳提面命，比爹娘老子管得都严。他明白她的心，希望他能做个真正的男人。可是，他更想要自由、轻松的生活。

她精明干练，为人处世练达、工作业绩出众，不久就得到提升。他却是原地踏步，满足于现状。

她很生气，原来还肯给他留面子，后来在朋友们面前，也往往对他横加指责。他总是一笑而过，男子汉大丈夫，不与小女子一般见识。

她恨铁不成钢。

为了强化目标，她给他下了任务，量化每一个标准。多长时间达到哪一步。他内心抗拒，却对她给予的任务无法拒绝。

她像妈妈检查作业一样查他，让他不敢放松，小心翼翼地应对她。

在她的重压下，他有了小小的进步。

她鼓励他，再努力，每个人都是这样背着压力向上走的。

他说："我们先结婚吧！努力是一辈子的事。"

她说："你做不到中层干部，甭想结婚。"

她是爱他的，也想嫁给他。可是，她太明白他了，如果现在这样就答应他，那他就会更没有积极的进取心了。

再逼他一下，就可以让他向上走走。

她爱他，他也爱她。他们都明白。

但是，她逼得太紧，他很烦她。

他不肯接她的每一个电话，不肯每一步都按她的要求去做。每个人未来的路都是自己去走的，被人安排好的路太没有意思了。

他想有自己的世界，不想再听她唠唠叨叨。

某日，她发现他的身边有一个女孩，她不相信他会爱上别人。这个男人，她太了解了，她发一个脾气，可以吓得他几天不敢大声说话。

然而，结局却出乎她的意料，他不仅爱上了别人，还要和别人结婚。

她不知道自己哪里错了。

哪个女人不想让自己的男人顶天立地？

不是每一个男人都如一颗钻石那样质地坚硬，他没有那个强度，就受不了那种压力。